Kadokawa Fantastic Novels

KEIKENZUMINAKIMITOKEIKENZERO

位於戀愛光譜

NAOREGAOTSUKIAISURUHANASHI

極端的我們

cters
185
180
175
170
165
160
155
150
145
140
135
130
125
120
115
110
105
100
095
090
085
080
075
070
白河月愛
加島龍斗

chara
185
180
175
170
165
160
155
150
145
140
135
130
125
120
115
110
105
100
095
090
085
080
075
070
黑瀨海愛
久慈林晴空

cters
仁志名蓮
山名笑琉
185
180
175
170
165
160
155
150
145
140
135
130
125
120
115
100
095
090
085
080
070

chara
185
180
175
170
165
160
155
150
145
140
135
130
125
120
115
110
105
100
095
090
085
080
075
070
谷北朱璃
伊地知祐輔
闕家柊吾

稿機似乎因為
「性暗示太強」
而慘遭駁回，
但對男高中生來說
已經足夠刺激了。

比起穿泳裝的時候，
胸部更加清晰可見，
所以會發現「啊，
原來這裡有痣啊」—
心臟怦怦地
狂跳個不停。

眼眸熾熱得宛如盛夏中的豔陽，神情哀愁地望著我的月愛。
在秋日天空下，舉手揮舞的月愛。
嚴冬中扼殺自己的感情，給予我支持的月愛。
當我金榜題名之際，獻上祝福的月愛。
儘管一切都是早已過去的舊日回憶，
但每一個月愛，至今依然存在於月愛體內。
而且，無論跟過去哪一個月愛相比，
此刻在我面前笑著的月愛，
才是最美，最惹人憐愛的那一個。

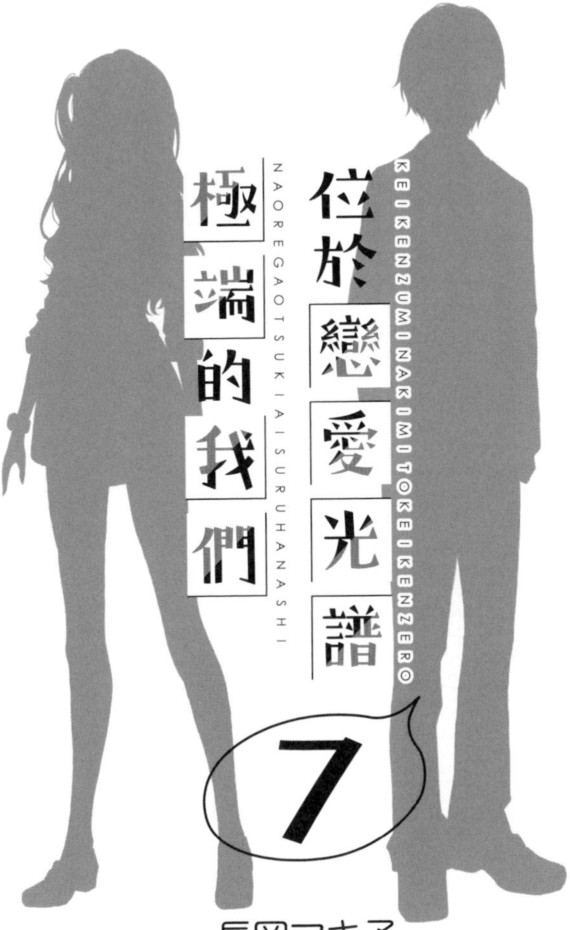

位於戀愛光譜極端的我們

KEIKENZUMINAKIMITOKEIKENZERONAOREGAOTSUKIAISURUHANASHI

7

長岡マキ子

插畫／magako

Kadokawa Fantastic Novels

CONTENTS

序章

三年前。

高二的尾聲……三月下旬我的生日。

在櫻花漫天紛飛的荒川河堤，月愛羞澀地這麼說道。

——人家……想和龍斗上床。

無論是她的語調，還是低垂睫毛落下陰影的臉頰所染上的櫻色。

——人家出生以來第一次有這樣的想法……

以及當她如此低聲訴說時，眨眼的次數及時間點。

這一切全都細膩地烙印在眼底，就像是喜歡到重溫無數次的一幕電影場景。

儘管如此，我至今依然朝著過去的記憶伸出手。

追尋那段好似在狂亂喧囂一般的青春歲月。

♣

從河堤回去的路上，我的腦袋有股輕飄飄的感覺。

——人家……想和龍斗上床。

月愛剛才說的那句話占據了腦海，不斷在裡面打轉。

心臟始終跳得飛快，而且就這樣維持著一定的速度，讓我整個人一直處於平穩的興奮狀態，像是剛從低燒恢復到正常體溫一樣。

一想到牽著月愛的左手可能會將我內心的激昂傳遞過去，就覺得很羞恥。

「…………」

月愛的臉龐也泛起紅暈，始終不發一語。

我們回到A車站附近，穿越車站前的鬧區。

視線不經意地停在經過的景色上，心臟猛跳了一下。

Hotel The Earth

休息　九千圓～

住宿　一萬六千五百圓～

燦爛奪目的招牌上，這些文字躍入眼簾。

我不由得看向月愛。

「…………」

我們四目相交。看到她有些尷尬地轉移視線，我就知道她原本也在看招牌。

「還、還滿貴的呢……」

避而不談好像也很奇怪，我便這麼說道，儘量不要讓她覺得我在佯裝不懂。

「休、休息就要九千日圓……」

「就、是說呀……因為是在車站前嗎？」

真是不得了。若是這樣，江之島旅館的住宿費還便宜多了。

我現在身上沒那麼多錢。

「月愛，妳家今天有奶奶在……沒錯吧？」

這番對話下來，我的不純動機昭然若揭，雖然很羞恥，還是姑且問了一下。

月愛一臉歉意地點點頭。

「嗯……爸爸也在。」

「這、這樣啊。」

月愛的父親是業務，沒有固定休假，平日有時候也會在家裡。

不過……仔細一想，這樣或許反而正好。

我想起以前聽關家同學說的事情。

那是校外教學結束後，對於關家同學和山名同學共度的那一晚，我曾經深入地追問過不少事。

——看來第一次真的很難？

——不知道耶……我是初次和第一次的女生做。不過既然會痛，那不就會讓人不想強迫對方嗎？況且對方還是未成年。

——你會在意那種事喔？

——你看嘛，法律裡姑且還是有「淫行條例」之類的東西。

後來揮別關家同學之後，我查了一下「淫行條例」的內容。

禁止任何人與青少年進行淫亂性交或類似性交行為。

淫……淫亂？

任何人？

那我呢？我本身也是青少年，但不能跟同樣是青少年的月愛進行兩情相悅的性交嗎？

實在太莫名其妙了，於是立刻點進類似解說網站的地方，然後將我的理解整理如下：

未滿十八歲的青少年之間的性交也可能牴觸淫行條例。

已訂婚或「等同訂婚的真摯交往關係」之情況，則不在此限。

就是這麼回事。

「等同訂婚的真摯交往關係」這段文字令我陷入苦思。

我打算將來要跟月愛結婚。月愛一定也這麼想。

然而誰能證明這一點？既然條例都如此明文規定了。雖然不曉得為什麼會變成那樣，但萬一我們在愛情賓館從事那種行為時，警察闖入房間大喊：「違反淫行條例！」那不就需要有個大人幫忙作證我們是「等同訂婚的真摯交往關係」嗎？

也就是說，在做那檔事之前，應該至少要讓月愛的監護人知道我們有結婚的打算。

「……接下來要怎麼辦？」

來到車站前，月愛神情有些顧慮地問道。

好想做。

我臉上八成寫著這幾個字吧。

而月愛也抱著相同的心情，這我很清楚。

正因為如此。

「……我送妳回家吧。」

「我想徵求妳父親同意再做」這種話我實在說不出口，便決定先送她回家。

「咦……好、好啊。」

月愛臉上露骨地浮現失落的神色。她大概以為約會已經結束了吧。

沒有那種事。

等著我吧，月愛。

我靜靜地燃起鬥志，走在一如往常平靜的住宅區。

「…………」

到家後，月愛默默地碰觸自家的門扉，回頭看我。

「啊，等一下，月愛……」

「嗯……？」

月愛歪著頭注視我。

「…………」

——伯父，我是認真在為自己和月愛的未來做打算。

我在內心唸出該說的話，然後腦海中的假想月愛爸爸開口了。

——唉，那又怎樣？你還是高中生吧？口頭上的空話當然可以隨便吹噓。你打算怎麼帶給我女兒幸福？告訴我明確的規畫吧。

「…………」

腦海中的我感到語塞。

再過幾天就要升上高三的我，接下來必須埋頭苦讀，將偏差值提高二十左右，想盡辦法擠進法應大學的錄取範圍內才行。

即使這些努力都開花結果，成功考上頂尖大學，我也還是個大學生。

月愛的父親一路工作賺錢，親手將女兒撫養長大，現在的我無論對他說什麼大概都毫無說服力。

而且我上次見到月愛父親時，是元旦新年參拜的回程路上，我突然去月愛家打擾，要求他「暫時不要與再婚對象同居」。想起當時她父親被我說得無法反駁，而這次輪到自己要被狠狠教訓一頓，身體就顫抖了起來。

「……龍斗，怎麼了？」

月愛這麼一問，我回過神來。

「沒有，那個，呃……」

怎麼辦？我冒著冷汗思索著。

這時，發現口袋裡的手機在振動。

「嗯……？」

我的朋友都是邊緣人，很少會有這種沒有事前通知的來電。手機振動了很久，我無法忽視，便拿起來看了一下螢幕。

「……爸爸？」

當然不是月愛的父親，而是我爸打來的電話。我的家人也全都是邊緣人，所以不太會像這樣直接打來。

「龍斗的爸爸？快接吧，可能有急事喔？」

月愛體貼地提醒，而我則是簡短地應聲後，按下接聽鍵。

「喂，你聽說了嗎？大事不好了。」

電話那頭的爸爸語調高昂。他平常是個沉默寡言又穩重的人，鮮少出現這種焦急的說話方式。

「你媽媽要去做癌症手術。」

「咦……」

我眼前一片空白。

在那之後，爸爸還說明了預計住院日等許多事情，但我幾乎沒有聽進腦袋裡，茫然地掛掉了電話。

「龍斗……」

月愛一臉擔憂地看著我。她離很近，應該有聽到電話內容吧。

「抱歉，月愛……」

我口乾舌燥地說完，月愛理所當然似的筆直凝視著我點了點頭。

「嗯，你快回去，今天就陪在媽媽身邊吧。」

「……嗯，謝謝妳……」

我轉過身，離開白河家。

垂著頭走向車站的路上，想起小時候與媽媽的種種回憶，回神時淚水已模糊了視野。

這種時候，惋惜無法與月愛結合的心情當然早就不知所蹤。

不過回到家後，媽媽看起來倒是比想像中還要正常。

她站在面向客廳的廚房準備晚餐的模樣，和平時沒什麼不同。

「哎呀，你回來啦。怎麼這麼快？不是去約會嗎？」

看到我出現在客廳，媽媽露出意外的表情。

「……爸爸打電話給我……說妳得了癌症……」

聽到我這麼說，媽媽皺起眉頭。

「真是的，你爸還特地打電話給你啊？不過，他大概不曉得你正在約會吧。」

接著擦了擦準備料理時沾濕的手，走到站在廚房附近發楞的我身邊。

「不是癌症啦，說是『子宮頸上皮內贅瘤』，代表子宮頸部發生病變，但還沒有變成癌症的狀態。所以在變成癌症之前，要動手術把那個部分切除掉。我是在一年一度的預防檢查得知這件事的。」

「意思是說……沒有很嚴重嗎？」

「現階段是這樣沒錯。只是好像有些情況是惡化速度太快，動手術的時候已經變成癌症而無法切除。」

聽完，我臉上再次籠罩一層陰影，媽媽便努力用輕快的語調說：

「不過，醫生說依照我的程度和年齡來看，應該不會有事，你別露出那種表情。」

我不知道自己現在是什麼表情，但看起來應該不怎麼開心吧。從小我的臉就被說「長得很像媽媽」，一想到說不定會變成媽媽遺留在這世上的痕跡，就會有股複雜的心情緊緊勒住我的胸口。

「…………」

媽媽露出開朗的微笑，像是要驅散我這些沉重的思緒。

「你真的很善良呢，跟你爸爸一樣。」

「…………」

「你爸爸很慌張，還說：『是我害的吧。』」

媽媽有些難為情地笑了。

「……嗯？」

雖然有一瞬間無法理解意思，但以前好像聽說過子宮頸癌的成因是經由性行為感染病毒，媽媽應該是在說這個吧。

我對父母的相戀經過不太感興趣，不過倒是想起了他們是大學同學，而且爸爸還是媽媽的第一個交往對象。

「現在可以打疫苗來預防就是了。如果知道會變成這樣，我年輕的時候有疫苗的話就會打了。」

「是喔……」

「你還回『是喔』？」

總覺得聊這個很尷尬，我敷衍地應了一聲後，媽媽就開始責備我。

「別以為沒你的事，男生也能打ＨＰＶ疫苗喔。」

「……咦？」

「『咦』個頭啊，真是的，一點觀念都沒有。」

媽媽傻眼地唸了我一頓，我感到坐立難安，便離開起居室了。

「……ＨＰＶ疫苗……？」

走進自己房間後，我用手機查了一下。

資料上說，造成子宮頸癌的人類乳突病毒（HPV）是經由性行為感染，為了防止感染，不只是女性，男性打疫苗也有效。

Q：戴保險套就不會感染嗎？

A：雖然戴保險套有助於預防感染，但人類乳突病毒也會經由手指感染。

「……簡直防不勝防……」

所以一旦做了就無法排除感染風險。

——你爸爸很慌張，還說：「是我害的吧。」

的確，以媽媽的情況而言，感染源應該是爸爸吧。

月愛在跟我交往之前就與前男友們有過經驗了，假如將來罹患子宮頸癌，也不能確定就是我害的。

然而要是我和月愛今後要發生關係，就沒辦法保證我不是感染源。

——現在可以打疫苗來預防就是了。

如果進行性行為有可能害心愛的人陷入死亡的危險之中，假如有方法讓這個機率稍微往零靠近。

或許可以考慮看看。

「……唉……」

坐在床上的我往後仰躺下來，深深嘆出一口氣。

在與月愛結合之前，多了一件該做的事。

是我想太多了嗎？

只不過，愈是珍惜月愛，就愈無法像情色漫畫那樣輕易出手。

「……有夠麻煩……」

我這種個性真是麻煩得要命，甚至產生了想暫時變成別人的念頭。

要是可以什麼都不想，遵循本能與月愛擁抱在一起，毫無保留地用全身向彼此表達愛意，不知道會有多麼舒服。

但那種事只能在妄想中實現。

至少現在還是痴人說夢。

「……唉……」

我第二次深深嘆息。

這時手機發出振動，一看，發現是月愛傳的訊息。

伯母還好嗎？

「啊……」

她掛念著這件事啊。

大概跟我道別後就一直在擔心吧。

——你真的很善良呢，跟你爸爸一樣。

我不太懂自己哪裡善良，倒是月愛真的是個心地善良的女孩。

由於媽媽得癌症的風波沒有想像中嚴重，我便起身打給月愛說明情況。

『原來是這樣啊……總而言之，只要順利做完手術就可以放心了吧？』

月愛聽我說完後，用增添幾分輕快的語氣說道。

「嗯，抱歉還讓妳擔心了。」

『沒關係，你不用道歉。受到最大打擊的應該是你的家人才對呀。』

「謝謝妳……」

月愛真的很體貼。

『……那個，龍斗……』

那麼體貼的她，隔著電話忽然有些不好意思地開口了。

『雖然人家今天講了那種話……』

所謂的那種話……

——人家……想和龍斗上床。

指的是這個吧。

『……但不用急著做也沒關係喔？』

「咦……？」

『人家之前聽妮可說……關家同學第一次跟女友發展到那一步之後，好幾個月都沒有心情念書，成績退步非常多。所以他不想在考試結束前跟妮可深入交往。』

這麼說來，他好像也告訴過我這種事情。

——我當初可是整整半年都像隻猴子呢。

——我大概能想像得到。做過一次之後，只要有時間，我們就會跑到對方的家或旅館裡。連續三個月都像猴子一樣過著糜爛的生活。等到好不容易清醒過來恢復成人類後，我的考生生涯就會在各種意義上結束了。

『人家不希望龍斗變成那樣……你都去上升學補習班了，好不容易才剛要開始努力準備考試，這麼做就像是在干擾一樣……人家有反省過不該講那種話。』

「我、我沒關係啦……大概。」

最起碼我覺得自己應該比關家同學理性多了。

『但龍斗是第一次吧？沒試過怎麼知道會變成怎樣？只不過實際嘗試之後，真的變成那樣就來不及了……』

「…………」

放心，不會那樣啦。所以現在就跟我做吧！

我沒辦法帶著自信說出這種話，因為自己也在思考淫行條例和ＨＰＶ疫苗之類的事。

而且，現在必須認真準備考試，感覺不該在這種時候解決那些問題。

『人家不會介意的。畢竟對你的心意永遠不會變……那個，『想做』的想法也是。』

說到最後，月愛羞澀地小聲這麼告訴我，可愛到要不是隔著電話，很想緊緊抱住她。

『人家會等你考上法應大學。』

「……我知道了。謝謝妳，月愛。」

聽到女友如此善解人意地為自己加油，我只能這樣回應。

「我會努力準備考試。」

如此說道的我掛掉電話。

「嗚喔喔喔喔～～～～～～！」

然後翻開升學補習班的課本，彷彿要把過剩的性慾發洩出來一般，拿著自動鉛筆在筆記本上振筆疾書。

♣

時間回到現在。

剛升上大學三年級的春天。

「……就是這樣。」

我在東京鐵塔的瞭望咖啡廳面對坐在桌子另一邊的久慈林同學，說完了自己的事情。

「後來，等我終於考上大學，就變成月愛那邊迎來雙胞胎妹妹的誕生，她也成了社會新鮮人，忙得不得了。即使偶爾抽空見面，她也會被家人或公司叫回去，遲遲找不到機會營造那種氣氛……然後就拖到現在。」

「嗯。」

久慈林同學一直雙臂抱胸聽我說話，這時沉吟了一聲。

「……也就是『漫長的春天』啊。」

「咦？」

「三島由紀夫的著作，指男女交往太久而陷入平穩的倦怠期，也是當時的流行語。」

「原、原來是這樣……」

我心底一慌，總覺得那就是在說我們目前的情況。找個時間讀讀看好了。

「……不過，小生也因此明白你今日為何如此心神不定了。」

「咦？」

「你們今年夏天要去沖繩進行初體驗……沒錯吧？」

「呃，對。」

聽到久慈林同學這麼說，我忐忑地點點頭。

「我、我有那麼心神不定嗎……？」

「照照鏡子吧，可以看到一張慾望橫溢的醜惡相貌喔。」

「有那麼誇張？你會不會太過分了？」

「一想到要去沖繩，無論小生說什麼，對你而言根本連個屁都不是吧。」

「也、也是……」

坦白說，我想做。

自從與月愛交往的那一天起，這個想法就沒有變過。

這一刻終於來臨。叫我別興奮還比較奇怪吧。

今年夏天，我和月愛要在沖繩……第一次上床！

「……好嫉妒……好可恨……」

久慈林同學看著我不斷碎碎唸。

「呃，可是，你看，我現在也還是『處男怪』啊……」

我原本想安慰他幾句，結果自己卻因為這個事實而深受打擊。

沒錯……我到現在……還沒破處……

「……我自己也覺得很奇怪……明明從高中開始交往……現在都要升上大三了……」

我略帶自嘲地說著，久慈林同學一臉認真地盯著我。

「……對這世上的現充而言，或許是很弔詭。」

「…………」

「然而，那也僅限於物質世界的現象吧。」

終於和久慈林同學對上視線，相較於談論的話題，他的表情顯得過於認真。

「你們應該……正在一同將『虛幻飄渺之物』牽引至身邊吧。」

這麼一聽，我才想起久慈林同學以前針對我和月愛的名字所講的那番話。

──「月」與「龍」嗎？真是獨一無二的組合啊。

──兩者皆代表「虛幻飄渺之物」。月光朦朧，看不清其輪廓；龍乃虛構生物，不知其真身。故兩個漢字組合起來後，便寫為「朧」。

「…………」

我和月愛正在一同將「虛幻飄渺之物」牽引至身邊？

「那個……『虛幻飄渺之物』是什麼？」

「彼此都太過體諒對方，不會輕易付諸實行，因而變得綁手綁腳……倘若只留意事情的表象，你確實同小生一般仍舊是個處男怪，你們之間或許無異於毫無進展。然而，那個東西想必切實存在於你們二人之中。」

「嗯？」

我感覺自己彷彿置身在煙霧裡，大概正用狐疑的表情看著久慈林同學。

久慈林同學見狀，勾起一邊嘴角並垂下頭。

「至於『那個東西』是什麼……像小生這種澈頭澈尾的妖怪，這麼說是有些自以為是，不過……」

久慈林同學看起來非常難為情，我想說盯著看可能會害他不好啟齒，於是將視線移向了周遭。

附近的人潮正好退去，藍天與東京全景倒映在整面玻璃上，被格子狀的圍欄整齊劃一地分隔開來，占據了所有視野。

這樣一瞬間，美得令人不禁屏息。

「人們不正是將其稱之為『愛』嗎？」

耳邊傳來久慈林同學的話語，偶然看見絕景的餘韻依然撼動著我的胸口。

第一章

「龍斗，對不起！」

星期天早上，聽筒傳來月愛全力道歉的聲音。

新學期開始後經過一段時間，在即將迎來黃金週的假日，我們打算久違地約會一天。要是安排動態活動的行程，可能會讓月愛感到疲憊，於是討論過可以久違地看場電影。

月愛從事服飾業工作，黃金週是旺季，班表排得非常滿。但相對地，連假前的星期天就能排休。

「人家不是說過陽菜和陽花上星期感冒了嗎？雖然她們兩個很快就康復，不過奶奶在那之後就被傳染了，爸爸和美鈴小姐也從昨天就在發燒。」

「這樣啊……」

儘管遺憾，這種情況也無可奈何。我打算開電腦玩很久沒碰的多人遊戲時——

「所以今天的約會，可以帶陽花和陽菜一起去嗎？」

「……咦？」

沒料到月愛會這麼說，我在自己的房間瞪大了雙眼。

於是，我突然要跟月愛還有她帶來的雙胞胎妹妹們，四個人一起約會。

「早呀，龍斗！」

我從K車站搭上電車，與月愛會合。

月愛握著嬰兒車的把手，站在車廂一端的嬰兒車空間。這裡以粉色的地板作為標記，畫有嬰兒車的標誌。

星期天早上開往郊區的電車雖然沒有到爆滿的地步，但還是有很多出遊的人。

「妳們看，是龍斗哥哥喔～！」

月愛朝嬰兒車說道。那是雙胞胎專用的嬰兒車，月愛的兩個妹妹坐在並排的雙人座位上，正在開心地喧鬧玩耍。

「妳們好……」

去月愛家的時候跟她們打過幾次招呼，所以這不是我們第一次見面。不過，我自己的生活圈裡並沒有小孩子，導致心裡一直有點緊張。

「哎～呀呀！」

「電電！」

一人看著我的臉露出笑容，一人則盯著窗外的電車。即便是雙胞胎，行為似乎不會總是維持一致。

她們兩個在我念大一的六月出生，算一算現在是一歲十個月。看起來還沒有辦法用語言來溝通。

「對對對，陽菜會說『你好』真了不起呢～陽花，有電電，電電在那裡呢～。」

不過，月愛好像聽得懂妹妹們在說什麼。倒是我連誰是誰都分不清楚，她光是分得出來就很厲害了。

坐在嬰兒車上的兩人穿著同樣的兩件式童裝，也有穿鞋子，但仍舊給人一種她們還是小寶寶的感覺。長到肩膀的頭髮略顯稀疏，不過眼睛很大，五官精緻可愛，一看就知道是女孩子。真要說的話，在家族裡應該跟黑瀨同學長得最像。

「現在很簡單就能分出誰是誰喔！眼睛下面有刮傷的是陽菜，好像是昨天剪指甲前不小心刮到了。」

「原來如此……」

經她這麼一說，剛才跟我打招呼的孩子，左眼下方確實有一條細細的紅色傷痕。

「其實仔細觀察，會發現長相也有點不一樣喔～雖然和人家跟海愛一樣是異卵雙胞胎，但真的長得很像，而且還會同時感冒，同時康復。」

「說到這個，妳身體還好嗎？」

「嗯，人家目前就跟你看到的一樣！」

聽到我的問題，月愛精神抖擻地點點頭。接著她「啊！」了一聲，像是察覺到什麼似的看著我。

「你是不是在想『笨蛋不會感冒』？」

「咦？才、才沒有咧！」

沒想到她會這麼說，我不禁慌張起來。月愛見狀，鼓起了臉頰。

「沒關係，人家自己也很清楚啦～！唉～真的好擔心專門學校的課業喔……人家會不會跟不上呀？」

月愛為了實現成為教保員的夢想，決定去專門學校進修。由於來不及辦理手續趕上四月入學，她準備申請有實施十月入學的學校。因為這樣，她私底下在跟服飾公司那邊協商九月起要辭掉副店長，將僱傭形式改成約聘人員。

話雖如此，對於以後要過著一邊工作一邊上學念書的生活，月愛似乎還是會感到不安。

「放心啦……妳又不是笨蛋。」

我說完，月愛的眼睛就綻放出光采。

「咦，真的嗎？你真的這麼認為？」

「嗯。」

「聽到你這麼說，我就覺得好開心唷～！畢竟龍斗腦筋超好的嘛。」

「沒那回事啦。」

月愛露出純真的笑容，我則不好意思地笑著回答。

「上了大學之後我才發現……腦筋比我好的人到處都是。」

法應大學的偏差值在私大裡屬於前段班，甚至有不少學生原本的第一志願是東大等國立大學。見識到那些人動腦筋的速度後，我就深深體會到自己果然不是天資多聰穎的人。

「而且會不會念書這種事，性格也占了很大的因素吧。」

「……什麼意思？」

「我有一個叫做久慈林的朋友。」

「啊，我知道！你常常提到那個朋友嘛，就是會『在下……』這樣講話的人吧？」

「沒錯，但他是說『小生』啦。」

月愛很有把握地回道，我便笑著糾正。

「久慈林同學腦筋很好，也非常用功。只要有在意的事情，如果不牢牢記起來，事後查個清楚，就會覺得渾身不對勁。他爸爸是大學教授，或許有遺傳到天分，不過他的性格本來就是如此。」

「咦～人家絕對辦不到啦！一想到其他事情馬上就忘了～！」

「我也是啊。」

月愛那老實的反應很逗趣，我忍不住笑了出來。

「博學的人可能就是靠這種一點一滴的累積，才能拉開與其他人的知識差距。查過一次就不會遺忘的出色記憶力當然也是一大優勢就是了。」

「真厲害耶～」

月愛打從心底感到佩服似的喃喃說道。即使在這段空檔，她依然留意著雙胞胎的情況，不愧是代理監護人。

「不過，月愛對感興趣的事情不也記得很清楚嗎？像是化妝品的名稱之類的……那個叫什麼來著？塗在嘴唇上的……嘴彩？」

「哦～唇彩？」

「啊，對對對。」

我不管聽幾次都記不起來，大概是對化妝品一點興趣都沒有的緣故吧。

「像久慈林同學那樣的人本來就熱衷於研究學問，所以理所應當走學術路線，但任何人遇到自己感興趣的事物，應該都會主動查資料，也能夠熟記起來吧。」

像我就是如此，以前有一段時期光是看到脈塊的造型，就能流暢地說出幾十個ＫＥＮ參加粉的名字。

「從實際情況來看，妳在自己感興趣的服飾業世界，不就理所當然地記住了各種時尚用語，而且還做出了成績嗎？」

「……有嗎？」

月愛有些謙虛地淡淡一笑，但她二十歲就升上副店長，還被推薦去當福岡店的店長，只不過最後拒絕了，這些都表示她很有能力吧。

「而妳現在既然找到『想成為教保員』的夢想，打算在這條路上好好努力……那就一定沒問題。學習這方面的事情應該很適合妳。」

「龍斗……」

月愛的視線落在嬰兒車的雙胞胎上，眼眸動搖不已。然後抬眸看我。

「……龍斗果然腦筋很好，而且人家也喜歡你的個性。」

如此說道的她臉上泛起羞澀的微笑，讓我心跳漏了一拍。

「因為你總是用人家聽得懂的方式，把事情講得很清楚。」

接著，她像是忽然想起什麼似的注視著我。

「你好適合當老師喔。」

聽到這句話，我便想起來了。

黑瀨同學和海野老師也這麼說過。

——感覺加島同學似乎適合當老師呢。

——你很適合當老師呢。

「哦……果然是這樣啊。」

「咦，你自己也覺得嗎？」

「不是……因為很多人都這麼說。」

聽到我的回答，月愛睜大了雙眼。

「那不就代表真的很適合嗎？還是你不想當老師？」

「唔……與其說是不想……」

我一邊釐清自己的想法，一邊謹慎地答道。

「面對像月愛這樣關係親密的人，我是有辦法一對一溝通……但學校老師不是必須獨自面對一大群人嗎？依照我的個性來看，感覺心靈會不堪負荷。」

「哦……畢竟龍斗很溫柔嘛。現在回想起來，學校老師都還滿粗枝大葉的，個性隨便的人很多呢。」

「就是說啊，可能是不得不這麼做吧。要做的事情太多了，得撇除一定程度的私人感情才行。做不到這一點的人，大概就會辭職走人吧。」

「哦……那適合你的職業是什麼呢？你很會安撫別人的情緒，要當精神科醫師嗎？」

「不念醫學院沒辦法當呢……」

「唔～好難喔。」

月愛雙手抱胸，歪起頭。

就在這時候──

「咦？快看快看，不覺得那個媽媽超正的嗎？辣到不行耶。」

聽到這個聲音，我一看，發現附近座位有兩個看起來是高中生的女孩，正往月愛的方向看過來。

「真的耶，好想跟她要ＩＧ喔～！」

「我超～嚮往那種家庭耶。爸爸也很年輕，感覺很溫柔。」

「對呀～我也想要在二十歲左右結婚呢～」

「跟阿裕嗎？」

「咦？不可能啦，畢竟他之前啊……」

她們兩人轉而聊起其他話題，我便不再豎耳傾聽了。

「…………」

月愛的臉頰出現淡淡紅暈，嘴巴動了動。看來女高中生們的對話也傳進她耳裡了。

「感覺好難為情……原來我們這樣看起來很像夫妻呀。」

她帶著泛紅的臉龐，害羞地低聲說道。

「對、對啊。」

心底莫名一慌，我不知所措地思考要說什麼。

「可能是因為帶著小孩，才、才會看起來很像吧？」

「呵呵呵……」

月愛看著我，就這樣用羞澀的表情笑了出來。

其實我們根本還沒有結婚，一想到這個就羞恥得要命。

不過，說得也是。

剛剛才突然決定要帶著小孩約會，我就沒有想太多。月愛的父母是高中畢業就奉子成婚，在社會大眾眼中，二十歲左右的夫妻帶著這麼大的孩子並不是什麼奇怪的事情。

也就是說，今天的我會被視為「帶著老婆和雙胞胎女兒的爸爸」嗎……

「…………」

好。今天就努力當個好爸爸吧……！

如此下定決心後，抵達了購物中心。

我們來到的是埼玉縣的越谷LakeTown。因為我沒有車，交通方式只有搭乘大眾運輸。這個購物中心離車站很近，而且規模大到足夠讓小孩盡情玩耍，就決定今天來這裡約會了。

眼角餘光看到人們搭乘長長的電扶梯前往二樓的入口，我們搭電梯到樓上，就看到一條出入分開的寬闊通道，大型購物中心的空間在眼前延展開來。

不愧是假日，即使是這麼寬廣的地方也擠滿了帶著家人的人和年輕人。

我抱著想要模仿的心態觀察帶著家人的爸爸，走進入口並往前走了一陣子。

「麵麵麵～！」

這時候，陽菜指著經過的手推車喊道。

那是前面有麵包超人的兒童專用手推車，在購物中心都可以看到。周遭還有其他小孩子坐在有各種角色的手推車上來來去去，某處似乎有出租的地方。

「嗯，是麵包超人呢。」

「菜菜！菜菜也要！」

「咦？小菜和小花已經坐在嬰兒車上了，不需要吧？」

看來陽菜想要坐在手推車上。

「麵麵麵！麵麵麵～！」

陽菜開始大聲哭叫。看到妹妹這樣，陽花也露出不安的表情。

經過的人們都一臉疑惑地看向陽菜。

「知道了啦……要麵包超人對吧？抱歉龍斗，人家去租手推車，你能幫忙推一下嗎？」

「呃，好……」

我推著月愛託付給我的嬰兒車走了一陣子，原本往前跑到不見人影的月愛就推著手推車回來了。順帶一提，陽菜在這段時間一直在哭。

「妳、妳看，姊姊把麵包超人帶回來嘍。」

束手無策之下只能推著嬰兒車的我，終於有辦法跟哭喊不停的陽菜說話。

「麵麵麵！」

陽菜停止哭泣了。

於是將陽菜從嬰兒車移動到手推車上，由我推嬰兒車，月愛則負責推手推車，解決了一樁事……

才剛這麼想。

「花花也要！花花也要～！」

看到隔壁妹妹的手推車，這次換陽花吵起來了。

「小花也要？不行啦～沒有人幫妳推耶。」

就是這樣才不想租手推車……月愛用這種表情看著我露出苦笑。

「花花！花花，托啦夢～！」

「小花要哆啦A夢嗎？但已經說過不行啦～」

手推車只能載一個人，要是兩個人坐上不同的手推車，就沒有人推嬰兒車了。

「花花也要！花花也要！嗚哇～！」

與此同時，陽花抽抽噎噎地哭了起來。跟剛才的陽菜一樣，吸引了周遭人們的目光。

陽菜心情非常好，正一邊發著哼哼聲，一邊轉動麵包超人手推車的方向盤。

「這樣的話，我一手推嬰兒車，一手推手推車好了。」

「咦，真的嗎？」

月愛雙眼晶亮起來。

很好，終於發揮一日爸爸的本領了！

我在心中如此打算，然而……

「……抱歉，果然沒辦法這樣……」

推不到十公尺，就感覺體力瀕臨極限。

「人家就知道，這台嬰兒車有十公斤耶。」

月愛露出苦笑。

「那人家去寄放嬰兒車吧。在那之前會先把哆啦A夢手推車推過來，你可以在這裡等一下嗎？」

「我、我知道了……」

於是月愛將哆啦A夢手推車推了過來，把停止哭泣的陽花放上手推車後，又推著沒有人的嬰兒車離去。

「…………」

我往通道的側邊靠攏，平行停放兩人坐著的手推車，留意她們的情況。

「麵麵麵！」

「托啦夢～！」

她們兩人的好心情維持了一陣子。

一陣子……沒錯，就短短兩、三分鐘而已。

「噗～！噗～！」

陽菜一隻手指著前方看著我，焦躁地喊道。

「『噗～』……？這是叫我前進的意思……？」

難得坐手推車，停著不動讓她覺得很無聊嗎？

「妳看，要『噗～』嘍……」

我生疏地發出裝可愛的聲音，將陽菜的手推車稍微往前推一點。

「呀哈！」
陽菜滿足地笑了。
「哦哦……！」
今天終於第一次做了符合爸爸的事情。
我深受感動，不斷推著陽菜的手推車前進。
這時——
「花花也要————！噗～！噗～！」
留在後面的陽花突然大叫。
「我、我知道了啦……！」
將陽菜的手推車靠邊停放後，我連忙奔向陽花的手推車。
然而，這次換陽菜大吵大鬧起來。
「噗～！菜菜！噗～！」
只要動其中一邊，另一邊就會不停抱怨。
「花花也要！」
「菜菜也要！」
「好好好！來了來了來了～！」

真希望自己會分身！

即使是中二病爆發的時期都不曾許過的願望，現在卻一邊強烈地如此冀求，一邊專心地交替移動手推車。

「啊，你們在這裡呀，久等了！」

這時，月愛終於回來了。

「月愛～！」

我忍不住訴苦似的喊道。月愛看起來比平時更像女神了。

「抱歉抱歉，人家有猜到可能會變成這樣。謝謝你喔。」

月愛似乎瞬間理解這種情況。她露出苦笑，推著停擺中的哆啦A夢手推車邁出步伐。

陽花和陽菜就這樣恢復好心情，我們總算能安穩地在館內前進。

和月愛並肩推著兒童手推車，我也覺得很有年輕小夫妻的感覺，整個人都在躁動。

將來結婚有了孩子之後，假日應該會像這樣外出購物吧……想像著這種事情，心情都雀躍了起來。

「……龍斗，你的鞋子會不會有點舊了？」

這時，視線落在腳邊的月愛朝我說道。

「啊，就是說啊。我一直想著得買一雙新的。」

我是一雙鞋子穿到壞掉才會買新鞋子的類型，今天穿的運動鞋是半年前買的，已經變成髒髒舊舊的模樣。

「那麼，人家來幫你選吧♡這裡有ABC Mart，晚點去看看吧～」

「啊，好……謝謝妳。」

「你可以也幫人家挑挑看嗎？人家想買新的涼鞋。」

「嗯，妳不嫌棄的話。」

「太好了～！……那等兩個孩子睡著後再去吧♡」

月愛說完眨了眨眼，我的內心悸動不止。

簡直就像是有小孩的夫妻在對話啊……

我細細品味這股感動，決定今天盡力當個陪伴家人的爸爸。

我們前往三樓的付費遊樂場。室內有材質柔軟的溜滑梯和球池，小朋友玩耍時，監護人可以在旁邊觀看。

待在遊樂場的時候跟打仗沒兩樣。假日的遊樂場擠滿了小孩子和監護人，稍微移開視線，立刻就會找不到自己的小孩。大到足以自由跑動的小孩被形形色色的玩具和遊樂器材吸走注意力，幾乎都在四處亂跑，我和月愛分頭追著雙胞胎，一刻也無法停下來喘口氣，月愛決定的六十分鐘就這樣結束了。

「唉，累死了……」

離開遊樂場後，我不禁吐出真心話。

「就是說呀……不過，有你在真是太好了！如果只有人家一個人，不分身是絕對撐不過來的。」

月愛說完笑了笑，這番話跟我剛才推手推車時想的一樣。

「好，去吃午餐吧！小花，小菜，妳們要吃什麼呢～？」

「麵麵！」

「麵麵～！」

「知道了，要吃烏龍麵吧！」

我們在三樓，將孩子們放上手推車後前往同樓層的美食街。

「已經不吃離乳食品了啊？」

「要慢慢脫離呀。能吃的東西還很少就是了。」

美食街比小型自助餐會場還要寬廣，現在正好是中午，客人絡繹不絕，上演著激烈的空桌爭奪戰。

「請問你們要走了嗎～？啊，非常感謝！沒關係！慢慢來就可以了～！啊，讓人家來擦吧！不會～我們才應該要道謝！」

當我這個邊緣人正在忸忸怩怩的時候，月愛就主動與用完餐正在收拾餐盤的一家人搭話，順利得到位子了。

我們變成夫妻後，大概也會是那種感覺吧……我有這股預感。

「龍斗，你先去買飯吧。」

「那妳呢？」

「人家跟她們一起吃烏龍麵就好了～反正應該會剩很多。」

月愛將兩個孩子放在兒童椅上，苦笑著答道。

這頓飯吃下來也相當不容易。

她們兩個都還沒有辦法獨自吃飯，所以月愛負責餵陽菜吃分裝好的烏龍麵，我則負責餵陽花。

「茶茶～」

「要喝水吧？來，馬克杯給妳，喝吧。」

「不要！茶茶！」

「這是姊姊的。小菜用紙杯會灑出來，可以用馬克杯喝嗎？」

「茶茶～！」

「嗚哇！」

「真是的！為什麼陽花灑出來了？」

「我去拿可以擦的東西過來……」

「謝謝，那邊有抹布喔！」

好不容易吃完這頓飯，她們就開始拚命耍任性。

「巧克力～！」

「沒有帶啦。小菜，媽媽不是說過還不能吃巧克力嗎？」

「巧克力～！」

「為什麼陽花也要？剛才不是吃飽了嗎？」

「……我、我去買給她們吧？」

「不，她們只是愛睏才會耍任性。因為平常吃完午餐後都會睡午覺。」

「這、這樣啊……」

「抱歉，你可以幫忙顧一下她們嗎？我去領回嬰兒車。」

如此說道的月愛從桌邊起身，快步離去。

經過十分鐘，當我正在努力哄動不動就耍任性的雙胞胎時，月愛一回來就動作俐落地將兩人放上嬰兒車，並且颯爽地朝通道的方向走過去。

然後，她遲遲沒有回來。

「人家回來了……」

四十分鐘後，月愛回到美食街，整個人累得彷彿突然老了五歲一樣。

雙胞胎在嬰兒車裡熟睡著。將防護罩稍微拉起來往內窺看，便發現陽菜像是要爬上扶手似的伸長雙手，看得出來她剛才大吵大鬧過。

「辛苦妳了……」

我將飲料杯遞給月愛。

「哇，是珍奶耶！」

月愛立刻雙眼一亮。在等她回來的時候，我看到美食街裡有一間珍奶專賣店，於是就買了兩杯。

「謝謝你！……哇～真好喝～！疲勞都消失了呢！」

她的臉龐一下子就變年輕，恢復成平常那張笑臉。

「妳很累吧……」

「今天還算順利啦。有時候其中一個會吵個不停，怎麼哄都不肯睡覺，然後另一個也被吵醒，兩個人就這樣哭鬧到回家為止。」

「天啊……」

我從早上就一直跟她們在一起，大致想像得出那會有多折磨人。

過了午餐尖峰時段，美食街裡開始出現零星空位。

窗邊是一整面的玻璃，外頭似乎也有露天座位。從窗戶照射進來的陽光很耀眼，對於悠閒寧靜的春日約會來說，是非常適合的天氣。

我和月愛面對面坐在四人桌，嬰兒車停放在旁邊，總算有時間兩個人好好聊天了。

「照顧雙胞胎真的很累呢……」

「對呀，一個就很辛苦了，還兩個！」

月愛苦笑著回答。

「但就算這樣，還是希望陽花和陽菜可以跟不是雙胞胎的孩子一樣，一邊接觸外面的世界一邊成長吧？美鈴小姐還沒有辦法搭電車出遊，所以人家有空的時候，就會像這樣獨自帶她們出來玩。」

「原來如此……妳真的很了不起。」

月愛將近兩年都過著這種生活，實在令人欽佩。也可以理解她為什麼抽不出時間和我見面了。

「不過，一個人很難顧及所有事情，有時候孩子們一不注意就在搗蛋，被陌生人罵了之後就覺得很沮喪。」

月愛用吸管攪拌珍奶，臉上泛起些許苦笑。

「這……還是希望別人可以包容一下呢。畢竟是小孩子做的事情。」

「可是我們沒有立場講這種話吧？」

月愛露出沉靜的微笑，視線落在珍奶上。

「小孩子真的很吵，除了睡覺以外都靜不下來，有些大人只想跟大人一起過著寧靜的生活，小孩子出現在他們聚集的地方就是很礙眼。所以人家知道在大人占絕大多數的現今日本很難找到容身之處。」

月愛就這樣垂眸看著珍奶，面帶微笑地平靜訴說。

「因此只要離開家門一步，就得好好守規矩才行，不能讓孩子迷路，也要避免受到怪人騷擾……世上的父母一直都把神經繃得很緊。就算在家裡也是一樣，必須時時刻刻盯緊孩子，以免他們遇到危險。人家希望這些父母可以暫時忘記孩子，享受舒服放鬆的時光。哪怕是一時片刻也好，讓他們重拾孩子出生前活得隨心所欲的人生。」

如此說道的月愛抬頭注視著我。

她的眼眸寄宿著凜然的決意之光。

「人家要讓家長們打從心底認為『在托兒所裡只要把一切交給露娜老師就沒問題』。孩子待在托兒所的時候，家長們能夠放心地將精神集中在工作或家事上……人家一直很想成為這樣的老師。」

「月愛……」

她每天過著如此累人的生活，還在規劃這種事情，為自己的未來立下目標。想到這裡，雖然是自己的女友，還是為這個遠大志向感到敬佩不已。

「……妳一定能成功的。」

我發自內心如此認為，凝視著月愛答道。

月愛難為情地笑了笑，靜靜從我身上移開視線。

「為了實現這個目標，得多多了解小孩子和幼保的事情才行。即使人家對陽菜和陽花有一定程度上的了解，畢竟這世上的孩子百百種嘛。」

說完這番話，月愛再次看向我。

「龍斗，今天很謝謝你。」

她微微一笑，臉頰浮現淡淡紅暈。

「人家再次覺得龍斗一定能成為好爸爸喔。」

「……是、是嗎……」

聽到月愛這麼說，我內心充滿喜悅。

「嗯……人家有辦法成為好媽媽～？」

月愛兩隻手抵在桌上，可愛地撐著臉頰凝視我，臉龐一片通紅。

「……妳已經是個媽媽了。」

我回答後，她微微鼓起臉頰。

「咦～？什麼意思，是在說人家老了嗎？」

「不、不是那樣啦……就是……我非常尊敬妳。」

我斟酌著用詞，將自己的真實想法告訴她。

「對兩個孩子很了解，能夠用俐落的動作照顧她們……總覺得比起『姊姊』，妳已經可以說是『媽媽』了。真的很厲害，明明年紀跟我一樣大。」

聽完這番話，月愛放下撐著臉頰的手，朝我笑了笑。

「啊哈，假如差很多歲，果然就會很像媽媽呢。」

月愛看向嬰兒車裡酣睡的兩人，表情變得很柔和。

「話說，人家不是還有個姊姊嗎？和人家跟海愛差了七歲，我們懂事的時候，她已經是個成熟的大姊姊，很穩重可靠，不管是家事還是什麼都會做。人家以前超級依賴她呢。」

「原來是這樣啊。」

月愛的家人之中，我唯一還沒見過的只有她的姊姊。聽說跟男友一起住在東京都外，很少回老家，連月愛也沒什麼見到她的機會。

「對人家來說，姊姊就是半個媽媽。比起單獨出生的兄弟姊妹，同時照顧雙胞胎更費力。媽媽忙不過來的時候，姊姊就會幫忙，所以直到現在……人家還是非常感謝她。」

看到月愛輕聲說出這番話的表情，就知道她對姊姊懷抱著多深的感情。

「希望以後有機會能介紹給你認識，她真的是人家很自豪的姊姊。」

「嗯，我也很想認識她。」

「啊，但你絕對不能喜歡上她喔！姊姊的胸部比我更大就是了！」

「咦？不、不會啦！」

我慌亂起來，不懂自己怎麼會被當作胸部星人，月愛則笑著說了句：「開玩笑的啦。」

「……陽花她們出生之後，人家常常想起姊姊的事情。想著姊姊當初也是抱著這樣的心情照顧我們的吧。」

她再次望向嬰兒車裡的雙胞胎，露出溫柔的表情。

「姊姊當時分給我們的愛，人家也想分享給陽菜和陽花。」

如此說道的月愛看著我，有些羞澀地微微一笑。

「就算不是同一個媽媽……對人家來說，她們是『妹妹』的事實也不會改變。」

月愛真的變成一個成熟的大人了。

高二的平安夜，月愛看到父親帶著美鈴小姐現身還曾經哭過，真想讓當時的她看看自己現在的模樣。

妳的父親會為妳帶來新的家人與幸福，所以不要緊的。

我想將這句話告訴那時候的月愛。

「而且她們現在睡著的樣子真的很可愛呢。」

月愛這麼說完，注視著正在睡覺的雙胞胎。她的側臉彷彿洋畫所描繪的聖女般充滿慈愛，看起來很神聖。

我再次對月愛產生了深深的依戀。

◇

趁著雙胞胎睡著之際，我和月愛在購物中心內迅速又安靜地買完東西。當雙胞胎醒來時，我們已經走向車站準備回家。

也許是睡飽了心情很好，兩人醒來後就乖巧地坐在嬰兒車裡。

「啊，有『草莓博覽會』耶。」

看到經過的通道牆壁上所貼的海報，月愛邊走邊揚起嗓音說道。

「好像是辦在噴水廣場。真想去～人家最愛草莓了♡」

「……要現在去嗎？」

「不了，沒關係。實在是累了。」

月愛苦笑著搖搖頭。我也是相同的想法，所以很慶幸她拒絕了。

「好想找一天去採草莓喔～其實人家從來沒採過呢。」

「這樣啊，我也是耶。」

「咦？太好了！又找到了彼此沒做過的事情。」

月愛開心地笑了笑，儘管還沒有計劃行程，我還是很期待那一天的到來。

「哪裡可以採草莓呢～？會很遠嗎？」

「說到這個，剛才在LakeTown的車站看到了採草莓的招牌。我之前在電視上有看過，越谷好像有很多草莓農家。」

「啊，原來是這樣呀！所以才會舉辦草莓博覽會嗎～？」

「可能是喔。」

我們一邊閒聊一邊緩步走向車站，像是要把握最後的機會，好好體會帶小孩的夫妻是什麼樣的感覺。

我推著嬰兒車，看向身旁的月愛。雖然一開始不知道要怎麼操作雙胞胎嬰兒車而拖拖拉拉的，但半天下來已經習慣了操作方法，在沒有太大高低差的購物中心裡，即使是我也能推得很好。

「……龍斗，這樣一看，你真是個好爸爸呢。」

月愛調侃似的對我說道。

「真假？有稍微像樣一點了嗎？」

「嗯♡今天辛苦你了，龍斗爸爸。」

月愛開玩笑地說完，忽然面露真摯的神情。

「……龍斗，真的很謝謝你。」

她朝我揚起一抹真誠的微笑，而這時候——

「龍斗！」

嬰兒車裡傳出了聲音。陽花正轉頭看著我。

「龍斗、龍斗！」

見狀，陽菜也指著我。

「龍斗！」

「咦？好厲害！」

月愛一臉驚訝地合掌看我。

「她們兩個能清楚發音的人名還很少耶。」

「真的嗎？太好了！」

辛苦半天都值得了。

「龍斗～！」

「龍斗！」

陽花和陽菜像是在較勁一樣，笑著呼喚我的名字。她們的表情宛如天使，看著看著就覺得很療癒，心彷彿要融化開來。

啊，原來如此。

因為有這樣的一瞬間，即使辛苦的事情再多，人們還是能夠努力將孩子養育長大。

「啊哈哈，妳們兩個已經跟龍斗哥哥變成好朋友了呢。」

月愛露出開心的笑容。

我們走到LakeTown出入口附近，與大批人潮一起穿過兩側都是玻璃的空中通道。

斜陽撒落，我看著月愛那染上橙色的側臉。

內心同時在想像未來與她共築的家庭，胸口湧起一股不輸給夕陽的灼熱。

◇

「今天真的很謝謝你。」

在自家門前，月愛向我說出不知道第幾遍的感謝。

「明明好久沒約會了，變成這樣很抱歉。」

「沒關係啦，我也很高興能與陽花她們相處融洽啊。」

兩個孩子依然維持著好心情，正在吃小饅頭，並玩著類似互瞪的遊戲。

「那我走了……」

我鬆手放開嬰兒車，打算返回車站。

「啊，等一下。」

這時月愛叫住我，朝我走近幾步。

接著迅速看了看道路左右兩側，立刻拉下嬰兒車的防護罩，將臉湊近我。

我「啊！」地意會過來，瞬間閉上眼睛，吻上月愛的唇瓣。

「…………」

這個吻很短，只有零點五秒左右。

「……再見。」

月愛退開臉龐說道，眉間微微蹙起。

潮紅的雙頰、水潤的眼眸、哀愁的表情……看到這張臉蛋，便想起三年前夏天所發生的事情。

♣

高三的夏天，每天都在埋頭苦讀。雖然有時候會因為無法集中精神而開始耍廢，但確實從早到晚都泡在升學補習班，沒課的時候就窩在自習室裡。

在這樣的日子中，只有兩天創造了屬於夏天的美好回憶。

月愛打工請假，高三夏天也在千葉的外曾祖母家借住兩個星期左右。黑瀨同學也在。然後在最後的六日……配合夏日祭典的時間，我和生存遊戲成員一起去找月愛。

「龍斗～！」

在真生先生的海之家「ＬＵＮＡ　ＭＡＲＩＮＥ」吃完午餐後，三個男生閒著沒事做之際，原本先跟山名同學她們去海邊玩的月愛回來了。

「那邊的岩岸有螃蟹耶，一起去看吧。」

「咦？嗯……」

為什麼要看螃蟹？我說過自己喜歡螃蟹嗎？確實喜歡吃就是了……如此心想，我從榻榻米座位起身。

「真假？螃蟹？」

不知為何阿伊很感興趣，看向旁邊的阿仁。

「阿仁，要去嗎？」

「不用了，你也別去。」

阿仁冷淡地回應，並抓住剛要站起來的阿伊手臂阻止他。

好像是在顧慮我們，讓我很不好意思。

「……終於可以獨處了。」

抵達岩岸後，月愛這麼說著，眼眸靜靜地閃耀著光芒。

月愛帶我來的岩岸是海浪只到膝蓋的淺灘。到處都聳立著遠比人類還要高的岩石，形成了遮蔭處和圍牆。沙灘和海之家附近的淺灘很熱鬧，這裡則杳無人影，如同月愛所說，終於可以獨處了。

「龍斗，你明天就要回去了吧……」

月愛忽然落寞地說道。

「嗯……我還要補習。」

「果然是這樣……」

月愛低垂著頭，拉起我的手親熱地圈住自己的身體。

「等、等一下，月愛……」

現在變成了從背後抱住她的姿勢，我慌亂起來。

月愛那肉感十足的泳裝模樣，光是視覺上就帶給人很大的刺激，如果感受到光滑肌膚的觸感和腰胸的豐盈彈力，我穿著泳裝的身體輪廓會變形的。

「再一下下就好嘛……」

月愛撒嬌似的央求，不斷將自己的背部往我的身體貼過來。

「咦？等……」

月愛身材纖細，臀部卻很豐滿，正挑逗似的在我的腰部附近妖媚地擺動。如果隔著泳裝的薄布感受到那個，我絕對會招架不住。

「……啊♡」

月愛立刻察覺到我的血流變化。

她整個人轉過身，這次面對面地將腰部貼過來。

「…………」

我已經完全投降了。月愛用腹部一帶磨蹭逗弄著我的身體，我拿她一點辦法也沒有。

「龍斗，你是不是動了色色的念頭呀？」

「……當然是啊……」

我發出沒出息的聲音，臉一定也是一片通紅。

「嘻嘻！龍斗真可愛。」

月愛看起來很高興，就這樣用雙手環抱我的腰身緊緊靠著，愉快地笑了。

「你看，螃蟹也在看喔？」

月愛指著旁邊的岩岸，只見彷彿裂開的岩石縫隙中，有隻跟岩石同色的小螃蟹探出了一半的身體。

月愛依然持續著磨蹭攻擊。

「……月、月愛……」

我慌亂地將腰身往後退。

「等一下，再這樣下去真的……」

「咦～～」

月愛不滿地小聲叫道，但還是鬆開手，不再用腰身貼著我的身體。

下一秒，她露出調皮鬼的表情，抬眸凝視著我。

「人家好像還滿喜歡讓龍斗感到困擾的♡」

「……妳啊～～～」

我什麼時候才贏得了月愛呢？說不定一輩子都沒辦法。不過神奇的是，我發現自己並不討厭這一點。

「……來嘛。」

月愛撒嬌地說道，於是我看向她。

她在我面前閉上雙眼，微微抬起下巴，臉龐朝向我。

「…………」

察覺到她的意圖後，我將嘴唇疊上那妝點著鮮豔櫻桃色的唇瓣，吻了一會兒。

我厭煩現在只能這麼做的自己。

月愛似乎也是同樣的心情，退開臉龐後哀愁地皺起眉頭。

「……唉～」

宛如內心在顫動般嘆了口氣，並仰望天空。

「春天怎麼還不趕快來呢……」

她的輕聲呢喃，有些諷刺地消失在燦爛的盛夏藍天中。

♣

從那之後已經過了三年，我卻還是讓月愛露出了這種表情。

想到這裡，內心湧起些許的罪惡感，但立刻被火熱的身心給沖刷下去。

很快就要到了。

如此心想，邁向A車站的腳步也輕盈起來。

只要等到八月。

規劃於夏天的沖繩旅行是我現在最期待的事情。

第二章

黃金週結束，我的手機收到了令人意外的聯絡。

From.鴨嘴獸老師
下週有業界的聚餐，如果有空要不要來？
雖然出席的編輯只有我以前的責編，但漫畫家和插畫家等知名人士也會來，御宅族可能會很開心喔。

上次與藤並先生一起參加飯局後，就沒有和鴨嘴獸老師碰過面了。那天他說：「給我聯絡方式，有聚餐會約你。」所以我們交換了聯絡方式，但沒想到他真的會聯絡我。

我回覆「我可以去嗎？」之後，鴨嘴獸老師立刻回傳訊息。

From.鴨嘴獸老師

當然可以！
要是不偶爾帶個年輕人參加，人家會覺得我是老害而不再邀請我去的（笑）。
你可以跟朋友一起來喔。女生就更歡迎了（笑）。

在編輯部打工快結束的時候收到他回覆的訊息，我看完後，盯著手機陷入苦惱。
雖然有一點興趣，但坦白說，我不敢一個人參加。話雖如此……
「唔……」
「加島同學，你怎麼啦？」
可能是看我臉色凝重，黑瀨同學出聲關心。
「不，沒事……」
說到一半，我意識到這也沒什麼好隱瞞的。
我跟黑瀨同學下班的時間一樣，離開編輯部後便將鴨嘴獸老師傳訊息的事情告訴她。
夜晚的飯田橋車站附近都是來來往往的下班人潮。我們有時候會一起吃晚餐，但並不是每次都這樣，所以正往車站的方向走過去。
「咦，這不是很棒嗎？你就去呀？」
黑瀨同學雙眼晶亮地說道。

「等到真的成為編輯在出版社工作，可能沒什麼機會跟公司外部或負責作家以外的人交流，趁現在建立人脈也不錯呀……所以，其實我本來也想參加鴨嘴獸老師的飯局。」

我參加的那場與鴨嘴獸老師的飯局，黑瀨同學後來從藤並先生那邊得知後，就不甘心到了極點。黑瀨同學硬要說應該是怕生的類型，但在工作方面倒是野心勃勃。可能她對於成為編輯的渴望就是這麼強烈吧。

「……那妳要跟我去嗎？他說可以帶朋友參加——」

「我要去！」

黑瀨同學沒等我說完就答道。

「順便說一下，日期是……」

「我就說要去了。就算有其他計畫也會改時間。」

「呃，好，知道了……那我等一下複製訊息傳給妳。」

於是，我決定和黑瀨同學一起參加第一次的「業界交流會」了。

◇

聚餐地點在新宿。從車站步行就能抵達一棟餐飲大樓，位於五樓的普通連鎖居酒屋就是目的地。在門口說出「沼田」這個不曉得是誰本名的姓氏之後，店員就帶我們來到最裡面的大包廂。

裡面有四張長長的餐桌，桌邊已經聚集了二十人左右。粗略瀏覽一下，這個包廂只有三、四十個座位，規模似乎沒有想像中龐大。原本想說連我這種毛頭小子都被約來了，可能是數百人參加的餐會。

鴨嘴獸老師還沒有來。

「初次見面，這是我的工作。」

我和黑瀨同學兩個人站在包廂門口附近躊躇不前，這時有一名男性過來遞出名片。上面寫著「漫畫家兼插畫家」。雖然我喜歡漫畫，但如果不是鴨嘴獸老師這種等級，不會連作者的名字都記住，所以只能點點頭接過名片說：「啊，真是抱歉，我是在編輯部打工的大學生，還沒有名片……」

一開始像是名片交換會一樣，我和黑瀨同學誠惶誠恐地不斷收下名片。

「來乾杯吧，大家請坐。」

等參加者大致到齊，名片交換會告一段落後，看起來像是幹事的人便這麼喊道。那是第一個給我們名片的男性。

我和黑瀨同學兩個人依然很侷促不安，在附近的空位並肩坐下。

所有參加者都就座乾杯完沒多久，鴨嘴獸老師才出現。

「抱歉抱歉，路上塞車了。」

他滿不在乎地笑了笑，在空位上坐下。看到我後，稍微抬起手示意。

因為這個緣故，我們周遭全都是初次見面的陌生人。

「你們說在編輯部打工吧？哪裡的編輯部？」

向我們提問的是坐在我對面的人。

查看名片後，他似乎是漫畫家佐藤尚紀。

佐藤先生看起來是個三字頭前半的男性，膚色白皙且五官端正，是個都會型男。他坐著很高，個子應該滿高的。感覺參加者大多是邊緣人（雖然我也沒資格說別人），在這群人當中，他帶著微笑主動開話題的模樣有一股成熟大人的從容。雖然這是偏見，不過他的髮型是只有帥哥才能駕馭的中分黑髮，看得出來是很有自信的人。

我的朋友裡沒有這種類型。

「是飯田橋書店的王冠編輯部。」

黑瀨同學回答後，佐藤先生「哦？」了一聲，睜大雙眼。

「我以前的責編在王冠耶。你們聽過木下這位編輯嗎？」

「沒有……應該離職了。」

「啊，是這樣嗎？那內海副編輯長呢？」

「不知道……現在的副編姓鈴木。」

「欸？」

佐藤先生歪起頭。

「已經過那麼久了嗎？那是我的作品被改編成動畫的時候……應該只隔五年左右吧。」

聽到這個，黑瀨同學一臉驚訝。

「佐藤先生，您的作品有被改編成動畫過嗎？」

「對啊，出道作和五年前的作品，一共兩次。」

「咦，好厲害！」

「很厲害耶。」

雖然佐藤先生現在眼中只剩下黑瀨同學，我還是附和了一聲，反正閒著沒事。

「作品名稱是什麼呢？」

「這個嘛……」

佐藤先生說的兩個作品名稱我都沒聽過。從名稱想像了一下，感覺是有很多女孩子登場的後宮型戀愛喜劇。

「沒聽過嗎？出道作好歹也播了兩季耶～」

「抱歉，是我孤陋寡聞。改天會找來看的。」

黑瀨同學謙虛地回應，但我心想：「這個人姿態擺真高，好像很了不起一樣。」不過人家是作品二度改編成動畫的漫畫家，確實遠比在編輯部打工的大學生了不起。

也許是酒精開始發揮作用，佐藤先生變得更常笑。

「……黑瀨同學？妳很可愛耶。」

「咦？……謝、謝謝誇獎。」

「真的很可愛……但是，好像還缺少了些什麼。」

「咦？是什麼呢？」

黑瀨同學認真地反問。

佐藤先生賊賊一笑。

「唔……性感魅力吧？」

「咦～？那個要怎麼散發出來呢？」

「不曉得，多跟男友上床看看？」

相對於勾起奸笑的佐藤先生，黑瀨同學表情一僵。

當然很無言啊。初次見面的男人對自己講這種話……這個人是怎麼回事？

「……我沒男友。」

黑瀨同學語調生硬地回道。

「真的啊？多久了？」

「從來沒交過。」

「咦～是喔？真假？」

佐藤先生不斷奸笑著。也許是因為他一直鎖定著黑瀨同學，沒有插話的餘地，坐在黑瀨同學對面的人就起身離去了。

接著佐藤先生順勢坐到那個座位，從我的正面移動到黑瀨同學的正面。

「……話說，黑瀨同學。」

「……什、什麼？」

儘管黑瀨同學有點傻眼，依舊保持不失禮的態度對待佐藤先生。

於是佐藤先生帶著奸笑與黑瀨同學聊天，我則看著眼前的空位喝著威士忌可樂。

「嗨嗨～最近過得好嗎？」

鴨嘴獸老師拿著啤酒杯在我眼前坐下。椅背承受著那高大身材的重量，發出嘎吱聲。

「鴨嘴獸老師……謝謝您今天邀請我來。」

「嗯，玩得開心嗎？」

「是……」

縱使還不太懂樂趣所在，我只能點頭。

這時佐藤先生發現鴨嘴獸老師坐在隔壁，便中斷跟黑瀨同學的對話，轉身面對老師。

「久疏問候了，鴨嘴獸老師。」

鴨嘴獸老師看向佐藤先生。

「哦，是佐藤啊。上次見面是什麼時候來著？」

「是在今年的音羽書店尾牙上。」

「哦，你的責編是林田吧？」

「是的。」

「怎麼樣，銷量好嗎？」

「托您的福，還過得去。」

「不要說得那麼寒酸啦！要誇口說『賣了一億冊』啊！」

「不，真的很不容易啊。」

佐藤先生一改原本在我們面前展現出來的表情，雙腿併攏坐著，用畢恭畢敬的態度露出苦笑。或許每個年輕漫畫家遇到鴨嘴獸老師都是這種模樣，但他那見風轉舵的樣子令人有點不快，引起我的反感。

鴨嘴獸老師看向我，對佐藤先生說：

「這小夥子是王冠編輯部的工讀生。」

「是，我有聽說。老師認識他嗎？我剛才有跟他聊了一下。」

唔～我可能還是不太喜歡佐藤先生。

「那麼，這位就是你的朋友『黑瀨同學』嗎？」

「啊，是的。」

鴨嘴獸老師一問，我便點點頭，而旁邊的黑瀨同學則微微鞠躬。

他目不轉睛地盯著黑瀨同學，舉起啤酒杯一飲而盡。

「原來是這樣啊。話說還真是個漂亮的小姐呢～一開始還以為有聲優或偶像來了。不過，最近如果不是肚子胖嘟嘟的中年女人，我可是硬不起來的，呀哈哈！」

聽到這番逆著時代走、沒有節制的性騷擾言論，我、黑瀨同學和佐藤先生都只能先笑一笑，畢竟是鴨嘴獸老師，這也沒辦法。

「而且這陣子又很頻尿啊。嘿咻……」

鴨嘴獸老師放下啤酒杯站起來，但可能是酒精發揮作用，他踉蹌了一下。

「哦……」

「您沒事吧？」

我也站起來，將肩膀借給鴨嘴獸老師，攙扶他去洗手間。

「真是抱歉啊，現在明顯失去對酒和女人的抵抗力，做任～何事都力不從心啊。」

說到這個，我之前查過Wikipedia，發現鴨嘴獸老師好像快六十二歲了。雖然還是一副生龍活虎的模樣，但應該是感覺到自己不如年輕的時候了吧。

好不容易從洗手間回來後，原本坐的位子已經被其他人坐走，我和鴨嘴獸老師便走到其他桌，點了新的飲料。

黑瀨同學和佐藤先生依然在面對面單獨聊天。

幹事是誰，又是以什麼標準來挑選參加者都不太清楚的這場聚餐，持續三個小時左右就散會了。

後半段時間我一直坐在鴨嘴獸老師旁邊。儘管跟許多漫畫家打過招呼，比起剛出道的新人或是以同人誌為主戰場的人，漫畫作品是「聽過名稱但沒看過」的人最讓我耗費心神。作品改編成動畫後擁有大批粉絲，在業界應該是知名人士，區區一個大學生用粗淺的知識與對方交談好像很失禮。

到頭來，我還是最適合待在鴨嘴獸老師身邊，聽他對年輕漫畫家講一些夾雜自虐的風光事蹟。跟上次的飯局一樣。

即便是打工，既然在這一行工作，還是得多看不同的漫畫才行。我如此反省著。

於是，收完聚餐費用後，大家站在包廂門口準備散場。

黑瀨同學還在跟佐藤先生聊天。

站著的佐藤先生果然個子很高，應該和關家同學差不多。那種有點駝背的修長身材感覺非常受女性青睞，只要看到他跟黑瀨同學開心交談的模樣，我就不由得提高警覺心。

他們在聊什麼呢……為了避免被發現，我混進人群不著痕跡地走到附近豎耳傾聽。

兩人拿著手機互相掃了一下，似乎是在交換聯絡方式。

「……謝啦。那麼，改天再聯絡。」

如此說道的佐藤先生收起自己的手機，然後盯著黑瀨同學握著手機的手。

「黑瀨同學不做美甲嗎？」

「咦？」

黑瀨同學面露些許驚訝，可能很少有男性問她這種問題吧。

「唔……姊姊也問過我『怎麼不做？』就是了。」

月愛確實很喜歡美甲。

「我的指甲很脆弱，沒辦法留長，感覺也不適合勤做保養。」

「是喔～」

明明是自己問的，這種回應讓人搞不清楚他到底有沒有興趣。只見佐藤先生注視著黑瀨同學。

「不過，要是妳再多花點心思，應該會變得更有魅力喔。」

說完，佐藤先生忽然彎下腰，臉龐湊到黑瀨同學耳邊。

「……畢竟妳長得這麼可愛呢。」

佐藤先生那張帥氣的臉上泛起微笑，低聲說出這句話，黑瀨同學見狀，唰地滿面通紅。

咦！

她先前明明還覺得很傻眼，什麼時候距離變得這麼近了？

我感到困惑的同時，也對佐藤尚紀愈來愈不爽。

你這傢伙是怎樣！真的是漫畫家嗎？漫畫家不都是邊緣人嗎？

這種想法對漫畫編輯部的員工可能很失禮，但男性漫畫家在我心中的印象，跟佐藤尚紀的氛圍實在是相差太遠了。

不過我莫名有一股感覺，他接近黑瀨同學的方式很難稱得上是一個得體的大人，搞不好是成長過程中產生某種偏執心理的阿宅。

「……佐藤先生很有趣呢。」

離開店家後，我們穿過夜晚的鬧區街道前往車站，這時黑瀨同學喃喃說道。

「是、是嗎……？妳確定？」

「嗯，明明長得很帥，人卻有點怪怪的。他說自己學生時代很土，完全不受歡迎，所以才會畫戀愛喜劇類的少年漫畫，發洩心頭之恨。」

「原來如此……」

這麼一聽，稍微能理解那種扭曲的感覺了。

「不過，他是作品有改編成動畫的暢銷漫畫家，告訴我很多業界的事情，讓我學到了很多呢。」

「是喔……」

所以他們的聊天內容比我想像的還要正經嗎？

「…………」

仔細一想，黑瀨同學因為外貌的關係，無論好壞，總是會讓男生產生戀愛方面的興趣。有些人會太過強勢地進攻，有些人則會待在遠處討論她。

不同於能夠不分對象主動攀談的月愛，面對怕生的黑瀨同學，大多數同年級男生只能建立這樣的距離感。

像佐藤先生這種能夠落落大方地對待她，還願意分享她感興趣的業界見聞，對她而言或許是很寶貴的存在。

「加島同學，謝謝你今天約我來。」

如此說道的黑瀨同學微微一笑，可愛到令我久違地忍不住心跳加快。

「……我有來真是太好了。」

她將手放在嘴上，陶醉地輕輕笑著。

我見狀……

內心湧起某種預感，遲遲無法驅散。

◇

隔天打工時，在編輯部遇見黑瀨同學後，發現她換了髮型。

平常那一頭黑髮束在腦後，綁成馬尾。

「真稀奇，妳換髮型了。」

我當然也有察覺到她的變化，一提起這件事，黑瀨同學就高興地揚起微笑。

「因為佐藤先生說他喜歡馬尾。」

「咦，是、是這樣嗎？」

沒想到她會在這時候提起這個名字，正感到焦躁不安，黑瀨同學就心情愉快地說：

「今天打工結束後，我們要去吃飯。」

「咦？……就你們兩個？」

「唔～不曉得耶？假如佐藤先生沒約別人，就是我們兩個吧？」

「…………」

昨天才剛認識而已，佐藤尚紀的動作未免太快了。

「這、這樣啊……幫我向佐藤先生問聲好……」

雖然跟他沒什麼好問候的，但我只想得到這句話。

「那我先走嘍，加島同學！」

一到下班時間，平常都會等我一起回家的黑瀨同學立刻整裝完畢，先行離開編輯部。

「嗯，辛苦了……」

黑瀨同學的馬尾彷彿狗狗開心時甩動的尾巴一般搖晃起來，逐漸消失在視野之中。

目送著她離去，我內心始終難以釋懷。

「……藤並先生。」

我慢吞吞地收拾東西，等到坐在辦公桌講電話的藤並先生放下手機，就朝他喊了一聲。

「您現在方便說句話嗎？」

「啊，加島同學，怎麼了？」

藤並先生看起來很從容，現在應該不忙。我判斷可以閒聊後開口：

「您聽過佐藤尚紀這位漫畫家嗎？他以前的責編好像在王冠的樣子……」

「哦～是《Imokore》的作者吧？」

藤並先生說的是漫畫的簡稱，那是佐藤先生五年前改編成動畫的熱門作。

「是的。」

「那個佐藤先生怎麼了？」

藤並先生一問，我稍微環顧周遭。晚上七點的編輯部裡，大概每隔三個座位坐著一個員工，人口密度沒有多高。談私人事情應該沒問題。

「沒有，那個，前陣子鴨嘴獸老師邀我參加聚餐，在那裡跟佐藤先生聊過幾句。」

「咦～有這回事啊？我都沒有接到邀約耶。」

「啊，不是，他說沒有邀請現任的責任編輯。」

「嗯，我知道啦。所以呢？」

看到我驚慌失措，藤並先生笑著催促。

「我很好奇佐藤先生是什麼樣的人，想說他願不願意在王冠畫漫畫……」

「哦，真有工作熱忱耶。你願意跟佐藤先生聯絡嗎？果然很適合當編輯嘛，對吧？」

聽到藤並先生調侃似的如此說道，我又一次陷入慌張，正要思考該怎麼回應時，他繼續說下去。

「不過呢，認真說起來……」

藤並先生的語調降低兩個音階，留意著周遭。

「我聽前輩說，那個人在這方面的關係有點……」

說完，他豎起小指頭。這個手勢山名同學曾幾何時也做過，用來表示「女性」。沒想到這年頭除了她之外，還有人會做這種手勢。

「以前我們編輯部有個年輕女孩是佐藤先生的責編。」

說到這裡，藤並先生將隔壁空位的椅子拉過來，招手要我坐下。

我併攏雙腿，與藤並先生變成密談的距離，他進一步壓低聲音，擺明就是要講悄悄話，然後開始說道：

「你可別說出去喔？聽說他每次討論完事情在喝酒時，都會問要不要開房間。那個女生討厭這樣，就交給副編來擔任佐藤先生的責編。結果他說：『故事大綱是跟上一個責編構思的，換責編我畫不出來。』完全不交分鏡稿。如果是超級有才華的作者，就算這樣也會好聲好氣地低頭拜託，但他也沒厲害到那個地步啊。你想，那個人的作品根本一成不變……他出道時剛好在流行那種類型的故事，可以說跟上了時代的潮流，不過現在就顯得有點落伍，他畫的不是很典型的後宮型戀愛喜劇嗎？女角可愛歸可愛，還不就是所謂的『複製人』。當然有些人喜歡那種風格，不管哪個時代都有一定的需求，然而並不是無論如何都要刊登在現今王冠上的作品，所以就不再跟他合作了。」

「這樣啊……」

感覺聽到了不妙的內幕。我的預感好像成真了。

「真的不能說出去喔。我是看你將來可能會成為編輯，才會將這種事情告訴你。」

雖然還沒有決定將來要做什麼，但藤並先生的期待讓我打從心底很高興，因此恭敬地鞠躬致意。

「……那個，像佐藤先生這樣的人很多嗎？」

「沒有啦，挺少見的。我不曉得還有誰會這樣。」

藤並先生稍微恢復說話的音量，笑了笑。

「不過，聽說他在那之後就結婚了，還生了小孩，再怎麼說現在應該收斂點了吧。」

聽到這個，我瞪大雙眼。

「咦，佐藤先生嗎？」

藤並先生見我如此，也睜大了眼睛。

「嗯？……我記得是這樣沒錯。」

可能是不太有把握，藤並先生看著遠方瞇起雙眼，點了點頭。感覺事情有點難以理解。

「……我知道了，謝謝您告訴我。」

「我才要謝謝你呢。」

我起身將椅子放回去，而藤並先生則心情很好地向我一笑。與截稿前簡直判若兩人。

「……唉。」

離開公司，走在夜晚的飯田橋一帶，忍不住嘆了口氣。

其實，不管佐藤先生是花花公子還是已經結婚有小孩，都不妨礙他跟黑瀨同學單純當個好朋友。

我想起佐藤先生注視著黑瀨同學時，一副沾沾自喜的模樣。

——畢竟妳長得這麼可愛。

——我有來真是太好了。

還有黑瀨同學的那張表情。

「是男女之間的那種吧……」

他們應該對彼此有意思。

我是個邊緣人，沒有與月愛以外的人談過戀愛，所以對自己的判斷不太有自信，但那天近距離觀察他們兩人後，能想到的只有這樣。

黑瀨同學對他了解多少呢？

◇

我的擔憂被撇在一邊，黑瀨同學隔天上班也是興高采烈的模樣。

「欸，今天如果有空，要不要跟我吃飯？」

回家路上，黑瀨同學一離開公司立刻邀請我。

「嗯，是可以啦……」

她可能有話想跟我說，而我也一直很在意佐藤先生的事情，這或許是個好機會。

「加島同學平常都跟月愛去什麼樣的餐廳吃飯呀？」

走進常去的那間小巧舒適的居酒屋，在等待啤酒上桌時，黑瀨同學如此問道。

「咦？唔～這要看當時的情況，不過大多是感覺月愛會喜歡的咖啡餐館吧？我們也會去家庭餐廳。」

「是喔，原來如此。」

明明是黑瀨同學自己問的，她卻對我的回答不怎麼感興趣。

「……我跟佐藤先生啊，昨天去了高樓大廈裡的餐廳。」

黑瀨同學雙手交疊放在嘴邊，垂著眼眸說：

「我們並肩坐在面向窗戶的吧檯座位，全程看著夜景用餐……真的很棒。」

她的臉頰染上玫瑰色，明明是在同一間居酒屋，與爛醉如泥地舉著啤酒杯敲打桌子的時候簡直判若兩人。

我懂了，她問我問題完全是在做鋪陳，其實是想聊這件事。

「……那種地方不會很貴嗎？」

「就是說呀，但佐藤先生幫我付了。不知道他是什麼時候買單的。最後我拿出錢包時，他就說：『已經結完帳了，走吧。』可能是我去洗手間的時候吧？」

「這樣啊……」

我從來沒有做過這種事情。看黑瀨同學的這個模樣，女孩子都喜歡佐藤先生這種裝模作樣的行徑嗎？

不過，以我和月愛的情況而言，月愛已經出社會了，賺得比我多，硬撐面子大概很快就會被識破而搞得自己很可悲。不習慣做的事情還是別碰為妙。

「後來我們一起走在路上，有車從後面開過來時，佐藤先生就說了聲『小心』，主動換到車道那一邊。」

當我在思考那種事情之際，黑瀨同學也一直在放閃。

沒有錯，這完全是在放閃。她碰都不碰桌上的啤酒，帶著作夢似的微笑喋喋不休地說個不停。

我在猶豫要不要逕自拿起放在我這邊的檸檬沙瓦來喝。我們一起喝酒時通常都會來這間店，不知從何時起，啤酒杯幾乎都會準確地放在黑瀨同學那一邊。

「真不愧是成熟的大人呢，佐藤先生說他三十二歲了。從出道至今年一共十年，作品兩度改編成動畫，真的很厲害呢……」

黑瀨同學陷入陶醉之中。

看她的樣子，應該不知道佐藤先生已經結婚的事情吧？是不是該在釀成大錯之前告訴她比較好？可是，說不定是藤並先生誤會了……如此想著，我正要伸向檸檬沙瓦的手又因為其他迷惘而游移不定。

「……像佐藤先生這樣每次見面都會不斷稱讚我很可愛的男人，還是第一次遇到。」

自言自語似的這番話令我感到很意外，我收回手，注視著眼前的黑瀨同學。

「……是這樣嗎？」

黑瀨同學在任何人眼中都是超級美少女，還以為她從出生到現在，那種話已經聽到不想再聽了。實際上，看到她轉學過來時，班上同學也都異口同聲地稱讚過她的外表。

「女生很常稱讚我喔？最常稱讚我的應該是鄰居阿姨吧。」

黑瀨同學輕輕一笑，視線落在桌上。

「不過，如果是男生……而且還是獨處時會稱讚我的人，真的都沒有。」

「原來是這樣啊……」

我表示意外後，黑瀨同學忽然抬眸看過來。

「加島同學倒是稱讚過我一次喔。」

「咦？」

「我問你『為什麼國一時喜歡我』，你回答的是『因為妳很可愛』。」

她的這句話，打開了久遠記憶的門扉。

「哦……」

記得那是高二秋天的事情。因為與黑瀨同學之間的關係，導致我跟月愛的感情出現裂痕，當時就決定要和黑瀨同學絕交。

——最後可以問你一個問題嗎？國一時，為什麼你會喜歡我呢？

——……因為妳很可愛。

「我很高興你這麼說……雖然你當時要跟我絕交。」

黑瀨同學忍不住笑了笑，夾雜幾絲苦笑，然後再次垂下眼眸。

「佐藤先生一個人更新了我至今為止的人生中，被男生稱讚過『很可愛』的紀錄。」

「…………」

一般男生當然說不出口啊。

「不斷被稱讚『妳真可愛』還被摸頭……這是有生以來第一次有人對我做這樣的事。」

正常來說辦不到啊。

最起碼我和久慈林同學……還有藤並先生都沒辦法吧。

畢竟黑瀨同學是非凡等級的美少女。

那樣的美貌，光是站在面前就會讓男生感到緊張。

而且還是考上立習院的才女。

如此完美的女性，無論在誰眼中都是高不可攀。

「妳真可愛」這種話像是在跟一個孩子說話，面對面這麼說感覺滿失禮的。

必須像佐藤尚紀那樣足足大她一輪，又是高個子帥哥，工作表現也獲得大眾認可，或許還擁有家庭，能夠保有從容的男人才行。

否則絕對沒辦法在黑瀨同學面前表現出那種態度。

「我一直很怕被男人碰觸，但佐藤先生摸過我的頭之後，就覺得……如果是他……」

「等、等一下，黑瀨同學。」

黑瀨同學自顧自地說得太開心了，我連忙打斷她。

「有沒有可能……佐藤先生其實已經結婚了？我是聽別人說的，是我聽錯了嗎？」

這種時候，先別管我對佐藤先生為人的好惡，要是不講清楚這件事，就沒辦法支持黑瀨同學的戀情。

「…………」

黑瀨同學突然沉默下來。見狀，我就覺得她知道些什麼。

「我還聽說他有小孩了……」

黑瀨同學皺眉，那神情像是在隱忍不快。

「……我知道，他有把照片設成手機的鎖定畫面。叫做小『葵』，兩歲。」

「……啊，這樣啊……」

原來佐藤尚紀沒有隱瞞這件事。

不知道該說他光明磊落還是狡猾，稍微鬆了口氣。

「既然如此……妳是不是該有些危機意識了？」

「什麼危機意識？」

黑瀨同學就這樣一臉不悅地反問。

「畢竟妳……快要將佐藤先生當作異性來喜歡了吧？」

或者應該說，黑瀨同學大概早就澈底愛上佐藤先生了。

「……可是，佐藤先生說他已經沒辦法把太太當女人來看待。」

「別『可是』。」

黑瀨同學的反應比想像中還要固執，我慌了起來。

「他結婚了耶？這個事實就是一切。如果佐藤先生沒把他太太當作異性來看待，那就應該跟太太離婚之後再和其他女性約會，不是嗎？」

我這番話太過中肯，黑瀨同學瞬間語塞。

「……反正又不是那樣。」

「咦？」

「我知道佐藤先生沒有那個意思，是我單方面喜歡他。」

「…………」

聽到這句話時，我回想起以前黑瀨同學說過的話。

——無論我喜歡上誰，我想繼續喜歡誰……那都是由我來決定。我的心要怎麼走，是我自己的自由吧？

——所以是我單方面喜歡你……就只是這樣而已。

「…………」

啊，也對，黑瀨同學有這樣固執的一面。

「……如果是這樣就好……」

就像高中時代一直喜歡著跟月愛交往的我一樣。

黑瀨同學又打算奮不顧身地栽進沒有結果的戀情裡嗎？

不，如果只是沒有結果，那還沒關係。

我在意的是……佐藤先生應該跟我是不同類型的男人。

「……佐藤先生啊。」

大概是以為尷尬的發展告了一段落，黑瀨同學又變回戀愛少女的表情。

「他說現在工作上遇到瓶頸，打算下次要在旅館裡閉關。真的很厲害呢，有一種暢銷漫畫家的感覺。因為是全數位化作業，從哪裡都可以寄原稿給助手。」

「是喔……」

現在居然還有人會在旅館裡閉關，好像上個世代的小說家。

「他開玩笑地說：『有空可以來找我喔。』」

「……妳不會去吧？」

我有些緊張地詢問，黑瀨同學則感到滑稽似的笑了。

「不會啦，我連他住哪裡都不曉得。」

接著，她略帶尷尬地移開視線，注意到桌上的啤酒杯。

「啊，啤酒來啦。」

生啤酒上的泡沫層早已消失，只剩九分滿左右，她拿起來後朝我露出不太自然的笑容。

「我們喝吧，乾杯～！」

◇

發生那種事之後，經過幾天。

即使對黑瀨同學放不下心，我依然平靜地過著自己的日常生活。

平日有四天要去編輯部打工，週一到週五幾乎每天都會遇見黑瀨同學。

在唯一不會見面的星期三，我收到了黑瀨同學傳來的訊息。

佐藤先生跟我說：「我畫完原稿了，今晚要不要來我住的旅館吃飯？」

「咦？」

上課中無意間看了一下手機，我忍不住叫出聲音。五月後半的大學今年也彌漫著收假後不想上課的氛圍，大教室裡學生稀稀疏疏，應該沒有人聽到我小小的叫聲。

第五節課進入尾聲，已經快要晚上六點，但外頭天色還很亮。再過一個月就是夏至了。

我告訴幾個女生朋友後，她們說：「絕對是想跟妳上床，不要去比較好。」加島同學覺得呢？

「…………」

看到訊息的後續內容後，我倒抽一口氣。

我問一下，那間旅館在哪裡？

送出訊息後，立刻收到了回覆。黑瀨同學今天應該也在編輯部才對，看來她沒有專心在打工上。

不是奇怪的旅館啦。

他說是這裡。

點擊她附上的網址後，出現的是歷史悠久的高級旅館的網站，好像聽過有人結婚典禮辦在這裡。

他在這種地方趕稿啊。佐藤尚紀的財力真是不得了，不愧是有兩部作品改編成動畫的漫畫家。

「…………」

難道是我想太多了嗎？因為是處男，才會什麼都往色色的地方想嗎？

邀請女性來自己連住好幾天的旅館，在同一間旅館的餐廳吃飯……接下來應該會邀請對方來自己的房間吧？

然後要做什麼大概已經確定好了……畢竟他可是連自己的責任編輯都敢約去開房間的男人耶。

就算變成有婦之夫，我也不覺得他會突然懂得分辨是非。

我跟妳朋友的看法一樣……

送出訊息後，這次有一段時間都沒回覆。

我很擔心，便又傳了一次訊息。

黑瀨同學，妳要去嗎？

她恐怕是想去，但不知道佐藤先生的真實想法，正感到很迷惘吧。

所以才會找朋友商量，還傳訊息問我。

她喜歡佐藤先生，也希望能跟他在一起，然而不想變成玩玩而已的外遇對象。

如果佐藤先生是真心想跟黑瀨同學發展關係，已經在考慮離婚，那就算涉入婚外情也在所不辭……她搞不好是抱著這種想法。

一直沒收到黑瀨同學的訊息，第五節課就這樣結束了。

「…………」

我不由得著急起來，與下班回家的上班族一起快步邁向車站，並且不時盯著手機。

這時，沒有等到黑瀨同學的訊息，倒是月愛傳訊息來了。

上課辛苦了～！

人家剛回家唷～

月愛有說今天休假，去過髮廊跟山名同學的美甲店之後，就會去托兒所接妹妹們回家。

「月愛……」

要和月愛商量嗎？既然是黑瀨同學的事情，這麼做似乎比較好。

不知道黑瀨同學有沒有跟月愛提過佐藤先生，但到了這個地步，就算跟黑瀨同學的友情再次破裂也沒關係。我不認為光憑自己就阻止得了黑瀨同學。

想到這裡，準備打電話給月愛時，手機就收到了新的訊息。

我要去。
我相信佐藤先生。

「……唔！」

不，妳再想清楚一點啊。
雖然我之前沒告訴妳，但佐藤先生婚前好像很愛到處把妹耶？

他絕對在玩弄妳啦！

我忍不住馬上回了一則情緒性的訊息，黑瀨同學也立刻回覆。

你也說是婚前吧？
佐藤先生長得很帥，我知道他有點愛玩啊。
我已經決定好了，不要管！
本來以為加島同學會支持我的。

「…………」

明明是她自己來問我的，現在還說「不要管」？

那我心中這股煩躁的情緒該怎麼辦啊？

開始覺得為黑瀨同學操心的自己簡直像個笨蛋。

既然她要講這種話，那算了。就算被佐藤先生玩弄而吃了苦頭，那也是她自己的事。

想到這裡，我將手機收進口袋，準備走向車站。

「加島兄。」

這時背後傳來呼喚聲，回頭一看，是久慈林同學。

「咦，怎麼了？」

「小生於車站前用完晚膳，有事欲去圖書館，正動身返回大學。」

簡潔地答完，久慈林同學疑惑地看著我。

「倒是你，發生何事了？一臉凶神惡煞，嚇得小生錯失了打招呼的時機。」

「哦……」

所以他才會明明從車站前過來，卻從我背後出聲嗎？我可能是腦中思緒太過紊亂，連跟久慈林同學擦身而過都沒發現。

「……我在想黑瀨同學的事情。」

「黑瀨女史？」

久慈林同學興致勃勃地復述一次。看來他對黑瀨同學還是很有好感。

「嗯，其實……」

這件事不適合在下班人潮來來往往的路邊討論，我們便走進正好在旁邊的速食店。

「……就是這樣。」

坐在收銀台前、朝向通道的吧檯座位上，我將事情經過簡短地告訴一旁的久慈林同學。

「…………」

久慈林同學始終低垂著頭聽我說話。

「既然黑瀨同學這麼說，我現在也不想管她了。」

「…………」

即使在我說完之後，久慈林同學依然盯著手邊的香草奶昔杯保持沉默。腦筋動得那麼快的他會這樣還真稀奇。

不過，對於就讀男校六年還自稱「處男怪」的久慈林同學而言，已婚人士的戀情應該就像是發生在異世界的故事吧（這一點我也一樣就是了），他可能不曉得要怎麼回應。

看著香草奶昔的紙杯沁出水珠慢慢浸濕桌面，我也逐漸恢復冷靜。

黑瀨同學那句「不要管」雖然讓我很火大，但現實問題就是我沒辦法再多做什麼。與佐藤先生之間的事情，到頭來只能任由黑瀨同學自己決定。

我無意間看了眼手機。現在已經超過晚上六點半，黑瀨同學馬上就要下班了。離開編輯部後，黑瀨同學應該會去佐藤先生等待的旅館吧。

抱著能夠見到心上人的喜悅，以及一絲絲的不安。

但願佐藤先生具有身為大人最低限度的良知。

如此祈禱後，我打算換個話題。

「……佐藤某某能讓黑瀨女史得到幸福嗎？」

這時，久慈林同學喃喃說出這句話。他的視線依然對著香草奶昔。

「咦？當然不能啊，都已經結婚了。」

聚餐時的印象也浮現於腦海，我不由得立刻答道。

「……不過對黑瀨女史而言，或許並非如此。」

「咦？」

「因為人無法相信自己雙眼看不見的事物，即使那是未來之事亦同。」

不懂這句話的意思，我靜靜地看著久慈林同學。

而他就這樣注視著香草奶昔，訥訥地說：

「加島兄所見之未來，不見得就是黑瀨女史所見之未來。」

「可是，有家室還追求年紀小自己一輪的女生，光這樣就不是什麼正派男人吧？以前即便是單身，他還連工作的負責人都想下手。」

「黑瀨女史可知此事？」

「不……」

就算現在說，應該也難以說服已經愛到盲目的她。

想到這裡，我陷入沉默後，久慈林同學再度開口：

「縱使小生是處男怪，還是記得愛情在心中萌芽的感覺，也曾透過相關書籍體驗過好幾次。那是深深扎根於人類本性的情感，即使已然成婚，也無法輕易將其抹消。」

「……嗯？」

怎麼回事？久慈林同學該不會想幫佐藤先生說話吧？正當我如此心想，久慈林同學就說了聲「然而」繼續說下去。

「理當換一個表現方式。佐藤某某若是真心愛慕著黑瀨女史，那他就必須思考如何以已婚之身帶給黑瀨女史幸福。」

「……至少不該是約她去自己住宿的旅館吧？」

聽到我這麼說，久慈林同學點點頭。

「因此，佐藤某某的愛，並非真誠的愛。但是黑瀨女史尚未看清這一點。」

「…………」

我也猜想是如此。畢竟佐藤先生自己在黑瀨同學面前應該只會展現友善的一面。

「……加島兄。」

「嗯？」

久慈林同學忽然叫了我一聲，於是看向他，只見他幾經猶豫似的搖搖頭後，帶著下定決心的神情開口：

「能請你……阻止黑瀨女史嗎？」

「咦？」

我看著久慈林同學，沒想到他會這樣說。

久慈林同學也看了我一眼後，目光立刻落向桌面。

「……她是個心地善良的姑娘。小生的一席無聊話，她願意邊應聲邊聽兩個小時。」

他是指「初次見面就講兩小時森鷗外」那件事吧。

「小生不認為如此心善的她，能夠斷然拒絕身心都受到吸引的男人的邀約。」

或許是這樣沒錯。

——我一直很怕被男人碰觸，但佐藤先生摸過我的頭之後，就覺得……如果是他……

我第一次看見黑瀨同學露出那樣的表情。

不，搞不好其實不是第一次看見。

以前在體育倉庫朝我逼近的她，說不定……因為環境陰暗，沒看得很清楚就是了。

「從那之後，小生一直在思考她的事情。」

聽到久慈林同學這麼說，我吃驚地抬起頭。他一臉認真地盯著香草奶昔。

「小生難以忘懷那張宛若四季美景般俏麗的容顏上，微微勾起的笑意。希望那麼美麗心善的姑娘能夠一生幸福。然而……」

久慈林同學說的每一個字，都能感受到他的真心與誠懇。對於只見過一次面的女孩子抱著這種想法或許還滿沉重的，但好像可以理解他的心情。

「小生連朋友都不是，無力為她做什麼。因此，小生要拜託身為兩邊好友的你。請務必阻止黑瀨女史。」

久慈林同學看著我的眼睛如此說道，又垂下眼眸。

「在她犧牲自身幸福，實現心愛男人的期望之前。」

說完這番話便拿起香草奶昔那滴著水珠而變得軟爛的紙杯，面露一絲尷尬地啜飲起來。

◇

「辛苦了，月愛。我有點事想談談……抱歉，現在能見面嗎？希望妳能來目白一趟。」

與久慈林同學在速食店前道別後，我打給月愛。

『咦，怎麼了？龍斗會這樣說好稀奇唷～人家知道了。美鈴小姐也回來了，現在就過去喔！』

背景一如往常地傳來雙胞胎喧鬧的聲音，月愛說完就掛斷電話。

跟月愛講完電話後，我持續邁步走向車站，再打一通電話。

「喂～？哪位？」

「抱歉突然致電，我是加島。您現在方便講電話嗎？」

「哦哦！怎麼啦？」

豪快的嗓音傳了過來，電話中的鴨嘴獸老師也是老樣子。交換電子郵件時，老師說過這個數字是手機號碼，幸好我還記得這件事。

「我有些事想請教您……佐藤尚紀先生已經結婚了吧？」

「哦～對啊，大概是五年前吧？不記得了。他好像說過對方是聯誼認識的女大生還護理師還空姐之類的吧？不記得了，總之是個年紀比他小的美女喔。」

「……我還聽說他有小孩了。」

「對啊，好像是女兒吧？以前一起喝酒時，他說『昨天出生了』，我當時還請客呢！」

聽到這裡，應該可以確定佐藤尚紀已婚有小孩了吧。

「你問這些幹嘛？」

鴨嘴獸老師疑惑地問道，我便簡單交代了佐藤先生和黑瀨同學在那次聚餐之後，發生的事情。

說到一半就到車站了，我不能中斷通話搭電車，便坐上計程車。若沒有比黑瀨同學早一步抵達旅館也毫無意義，無奈之下只能多花一點錢。

「真的假的啊？那還真是糟糕呢！」

聽完我講的事情之後，鴨嘴獸老師大聲地這麼說道。周遭很安靜，他應該是在家裡或工作室吧。

「我呢～因為佐藤長得很帥，本來就不喜歡他！筆名也很惹人厭，什麼『SatouNaoki（佐藤尚紀）』只是把本名寫成片假名而已嘛。他是自恃現實生活很受歡迎，覺得在虛構的世界也不用多餘的矯飾吧？看看我啊，我可是叫鴨嘴獸耶，鴨嘴獸！自卑到連人名都不敢取啊！」

鴨嘴獸老師發出「呀哈哈！」的豪爽笑聲。看來他確實是待在私人空間裡。

差不多該跟老師談正事了。

「……鴨嘴獸老師知道佐藤先生跟哪些漫畫家是朋友嗎？」

「唔～這個嘛，相同雜誌出身的悠木和月影應該跟他感情很好吧？以前常看到他們湊在一起。」

「……您能不能請那些人傳一些佐藤先生和他的家人……尤其是看得出跟太太感情融洽的證據過來呢？像是照片或ＬＩＮＥ的對話截圖等等……希望最好是近期的。」

「啊？對話截圖？是說圖片吧？」

「嗯，沒錯……」

「好，我知道啦！雖然我是傳統摺疊手機，不過會隨便找個理由叫他們用郵件傳圖片給我的！」

「真的很不好意思，因為個人資訊之類的問題，這年頭要做這種事應該相當困難……」

「沒事沒事！你打算拿給黑瀨同學看，讓她清醒過來吧？」

「……是的。」

不愧是國民漫畫大師，似乎看穿了我的盤算。

「這種事就包在我身上吧！在這個業界，沒人敢拒絕我的要求啦！就是要趁著可以高舉正義大旗的時候，盡情利用職權騷擾後輩才行啊！」

「非常謝謝您……」

「不會不會！要是這樣就能制裁那個令人火大的帥哥，豈不是大快人心！」

於是與鴨嘴獸老師講完電話後，我坐在計程車後座嘆了一口氣。

「……呼～」

——因為人無法相信自己雙眼看不見的事物，即使那是未來之事亦同。

——加島兄所見之未來，不見得就是黑瀨女史所見之未來。

聽到久慈林同學那番話，我就在想，必須以「肉眼可見的形式」讓黑瀨同學知道佐藤先生心中在想什麼才行。

雖然不曉得是否能成功，現在只能相信鴨嘴獸老師的人脈和人品了。

◇

當我抵達旅館的入口門廊時，是晚上七點十五分左右。雖然還上了高速公路，計程車費高達五千圓很令人心痛，但一定比黑瀨同學還要早抵達吧。在編輯部待到晚上七點的黑瀨同學，就算坐計程車應該也還沒到。

不知道黑瀨同學和佐藤先生約在哪裡見面，便決定先在面向正門的大廳等黑瀨同學。

我坐進以帶有光澤的高級布料製成的單人沙發，雙腳戰戰兢兢地放在花紋類似波斯地毯的鬆軟地毯上，沒辦法專心看手機，就這樣監視著出入口一會兒。

正門的自動門開啟，一道熟悉的人影走了進來。

「龍斗！」

月愛竟然比黑瀨同學還要早到。

她朝我揮手走過來，坐在對面的單人沙發上。

「人家也坐計程車來了！畢竟從家裡到車站很遠嘛。」

接著，她張望四周。大廳只有正在等待辦理入住手續的旅客們，以及好像在談生意的西裝大叔們而已。

「海愛呢？」

「還沒來……」

「咦，不會吧？從飯田橋過來這間旅館不是超近的嗎？坐計程車的預估時間是十二分鐘喔？」

「唔～可能是搭電車或公車來的吧……」

跟鴨嘴獸老師講完電話後，我傳訊息和月愛說明了一下情況。月愛感到很驚訝，似乎對黑瀨同學和佐藤尚紀之間的事一無所知。

「不過，原來如此，海愛她……」

月愛忽然悶悶不樂地輕聲說道。

「明明好不容易才找到喜歡的人……」

「嗯……」

身為姊姊，月愛本來應該想聲援黑瀨同學的新戀情吧。她的臉色很複雜。

當我們兩人就這樣陷入落寞之際——

「……啊！」

月愛看向正門，抬起下巴指了一下。

「海愛！」

她站起身，我循著她的視線看過去……便看到黑瀨同學呆呆地站在正門那邊。

「…………」

黑瀨同學看到我們，似乎驚訝得說不出話來。

「……為什麼？」

她來回看了看我和月愛之後，恍然大悟似的瞪著我。

「加島同學，你告訴月愛了嗎？……關於佐藤先生的事。」

「海愛，人家都聽說了，不行嗎？」

月愛走向黑瀨同學。

「我們已經是無話不談的關係了吧……還是妳怕人家知道後會擔心？妳也明白自己做了人家知道後會擔心的事嗎？」

「…………」

月愛拉起黑瀨同學的雙手，而黑瀨同學則咬唇別開視線。

旁人的目光讓我不太自在，便走過去對她們兩人說：

「這裡太安靜了，去外面聊一下吧。」

◇

我們離開旅館，來到庭園。

這裡占地廣闊，很適合散步，散發著歷史悠久的日本庭園特有氛圍，很難想像是旅館的庭園。讓我想起校外教學去京都時見識到的城市風情。

實際上也有一些人在散步，但我們的目的是談事情，沒有閒情逸致欣賞景色，三個人一起在長椅上坐下。

周遭已經籠罩在陰暗的夜色中，庭園的道路四處都點著類似和室燈的柔和照明。樹木枝葉緊密相依，在初夏帶著幾絲涼意的夜風吹拂下微微搖動。

「……海愛。」

月愛坐在正中間，整個身體與隔壁的黑瀨同學面對面，擔心地看著她的臉龐。

「妳就這麼喜歡佐藤先生嗎？」

「…………」

黑瀨同學低頭不發一語，一會兒後才輕輕點頭。

「佐藤先生住在這裡吧？」

聽到月愛的問題，黑瀨同學再次沉默地點頭。

「在餐廳吃完飯後，如果他問妳『去我房間再喝一杯吧』，妳要怎麼辦？」

黑瀨同學沒有回答。

「……妳會去嗎？」

月愛再問一次，而黑瀨同學便點了點頭。

月愛皺起眉頭。

「海愛……妳知道那是什麼意思嗎？」

「但就算去他房間，也不代表會發生什麼吧？有可能真的只是再喝一杯啊，不是嗎？」

黑瀨同學這時候終於開口了。

「是沒錯啦……」

月愛閉上了嘴巴。

於是，換我接著說：

「但是，如果妳被拍到進去佐藤先生房間的畫面，即使你們只是一起喝酒而已，那張照片還是會成為妳和佐藤先生搞婚外情的證據。說不定他太太會跟妳求償。」

「…………」

黑瀨同學再次陷入沉默，接著平靜地說出這番話。

「……不過，只要我們自己知道真實情況就可以了。如果要錢，開始工作後，我會努力賺錢支付的。」

「海愛……」

月愛憂傷地緊蹙眉頭。

不知怎地，我好像漸漸明白黑瀨同學的心情了。黑瀨同學或許只是喜歡佐藤先生而想與他見面相處，並不是抱著要偷情的覺悟來到這裡的。

然而，佐藤先生的心思絕對跟她不一樣。

「……我明白妳的想法了，但要是佐藤先生邀妳上床呢？有辦法拒絕並離開房間嗎？」

「我相信佐藤先生不是那種人。」

「他就是那種人啊。」

「加島同學你懂什麼？」

我有些煩躁地回答後，黑瀨同學也一臉不悅地回道。

「我們都是男人，當然懂啊。」

聽到我帶有情緒的這番話，黑瀨同學和月愛都微微倒抽一口氣，注視著我。

「……黑瀨同學。」

她們兩人都不說話，我便繼續說：

「我覺得所謂的『相信一個人』……並不是停止思考，只表明『我相信他』就行了。」

這不過是把自己的理想強加在對方身上而已。在這麼短的期間內拉近距離的佐藤先生和黑瀨同學，不可能已經建立起發自內心的信賴關係。

「…………」

黑瀨同學陷入不知道第幾次的沉默之中。

這時，月愛開口了。

「人家認為所謂的『相信一個人』……就是要做好『遭到這個人背叛也沒關係』的覺悟才行。」

她凝視著自己放在大腿上的手，平靜地說：

「人家覺得……如果是龍斗，就算遭到背叛也沒關係。要是龍斗背叛人家，那也是沒辦法的事情。」

「…………」

月愛……我注視著她。

而月愛瞥都沒瞥我一眼，用真摯的眼神注視著妹妹。

「妳現在有這樣的覺悟嗎？即使佐藤先生背叛也不後悔？」

黑瀨同學垂著頭，回答不出來。

「『沒想到他是那種人』或『早知道就不去了』之類的……妳有辦法完全不這麼想，將錯全部攬在自己身上，接受這樣的現實嗎？」

這時，黑瀨同學終於抬起頭。

「可是，我就是喜歡他啊……！因為喜歡才想要相信他，願意按照他所期望的去做。」

看到黑瀨同學這樣，月愛有些猶豫地說：

「……人家跟龍斗交往之前，也是一樣的想法。」

「…………」

我跟黑瀨同學一起啞然失聲。

「嚴格來說，人家的想法是『因為是男友才想要相信』……但相信一個連個性都還不清楚的人的『喜歡』，就這樣獻出自己的一切……人家感到很後悔。直到現在也是。」

月愛垂下視線說道，有一半像是在自言自語。

「這股後悔……可能一輩子都不會消失吧。」

接著，她抬頭看向黑瀨同學。

「人家不希望妳有一樣的遭遇。」

月愛臉上泛起一抹令人心酸的微笑，向黑瀨同學訴說著。

「畢竟，妳應該很懂得珍惜自己吧？」

彷彿受到月愛的影響，黑瀨同學露出苦澀的表情。

「……妳是不會懂的。」

她放在大腿上的雙手緊緊握成拳頭，擠出快哭出來似的嗓音。

「我的身體……就算不喜歡的人覺得稀罕，也從來沒有喜歡的人願意接受。」

「…………」

我想起黑瀨同學遇到色狼時的事情。

接著，又想起她在體育倉庫誘惑我的事情。

「我喜歡佐藤先生。所以，如果他需要……即使只要身體……現在的我光是這樣就很開心……」

她的眼眸落下淚水。

「因為他是第一個需要我的『喜歡的人』。」

「海愛……」

月愛表情悲痛地拉起黑瀨同學的手，開口正要說些什麼。

嗡嗡嗡嗡嗡、嗡嗡嗡嗡嗡……

這時，月愛的手提包傳出振動聲，她從裡面拿出手機。

「……受不了耶～又是店長！這種時候打來是怎樣！」

月愛雖然氣呼呼的，還是從長椅站起來，將手機放在耳邊。

「辛苦了～！……咦？真的嗎……？」

月愛邊說邊離開長椅，走到我們看得見但聽不清楚聲音的地方專心講電話。

只剩下我跟黑瀨同學後，我思考著她剛才說的那番話。

——我的身體……就算不喜歡的人覺得稀罕，也從來沒有喜歡的人願意接受。

這一定是在說她和我在體育倉庫的事情吧。

仔細一想，深深地覺得黑瀨同學與男性之間累積的都是扭曲的經驗。明明沒有經驗，卻突然逼近過來要我跟她「發生關係」。還遭到色狼攻擊，得了恐男症。

這種情況下，先不管色狼的事情。如果是因為我當時拒絕了黑瀨同學，導致她太過低估自己在性方面的價值，才會奮不顧身地撲向佐藤先生——

我想，必須誠實告訴她一件事才行。

「黑瀨同學，我……」

不禁有些慶幸月愛不在這裡，這件事實在沒辦法當著她的面說。

「我當時會忍住，並不是希望妳把第一次獻給佐藤先生那種人。在體育館倉庫時……」

黑瀨同學凝眸注視著我的眼睛，聽著我說話。即使知道這一點，我的視線還是投向庭園的樹木，看著隨夜風擺動的樹葉。

「其實我也……」

一瞬間，我與黑瀨同學四目相交，她的表情認真得令人屏息。唯獨眼瞳不斷顫動，彷彿隨時都會哭出來。

「…………」

很想做。

即使不說出來，黑瀨同學應該已經懂了。

她微微垂眸，全身一動也不動。

「加島同學……」

黑瀨同學是非凡等級的美少女，也是我的初戀。

受到那樣不顧羞恥的誘惑，不可能身心都毫無動搖。

「但是，我心裡認定其他人了……因為無法帶給妳幸福，才沒有出手。」

我看著在遠方講電話的月愛說道：

「妳不就是希望能遇到有這點判斷能力的男人，才會叫我『介紹朋友』嗎？」

「…………」

黑瀨同學垂著頭沉默不語。我已經不知道她此刻在想些什麼了。

也不知道這樣能不能說服她。

即使查看手機，也沒有收到任何郵件。

「……其實我本來在想，既然妳那麼想去找佐藤先生，那我就再也不管妳了。」

誠實說出來後，黑瀨同學抬眸瞄了我一眼。

「儘管如此，我之所以叫月愛來這裡，是久慈林同學拜託的。」

這時，黑瀨同學抬起頭。

「……講森鷗外的人？」

「沒錯。」

我輕笑一聲。

原本與夜晚庭園格格不入的緊繃氣氛，似乎稍微緩和了下來。

「他說：『黑瀨同學是願意聽他講完無聊事情的善良女孩，即使接到壞男人的邀約可能也難以拒絕。希望你能幫忙阻止她。』」

「…………」

黑瀨同學略為垂下視線，輕輕抿起唇瓣。

「久慈林同學是個好人喔。妳或許沒辦法把他當作男友或戀愛對象來看待……我還是希望妳能嘗試跟像他那樣的人交個朋友。雖然妳以前說過『男人很可怕』，但他那個人跟雄性氣息完全扯不上邊。」

我看向旅館，客房稀稀疏疏地亮著燈。佐藤先生可能就在其中一間，正色瞇瞇地等著黑瀨同學的到來。

「至少妳現在準備做的事，並不是說出『男人很可怕』這種話的女性會採取的行動。希望妳能冷靜下來好好思考一下。」

被捲入已婚男性的戀愛遊戲而受傷的單身女性……這種事現在太過常見，發到社群平台上也不會引起熱烈討論。

我不想看到月愛重要的妹妹變成那種陳腐故事的登場人物。

「我是妳的『哥哥』吧？」

黑瀨同學一臉吃驚地看著我。

「明明知道未來的親家妹妹會受苦……我不想讓妳去找佐藤先生。」

黑瀨同學的雙眼宛如水面一般微微蕩漾，隨著眨眼落下水珠。

這時，手機發出振動，我看了一下畫面。

鴨嘴獸老師傳郵件來了。

「……唔！」

我趕緊解除鎖定，打開郵件。

From．鴨嘴獸老師

說個好消息，收到了很猛的爆料（笑）。

鴨嘴獸老師只寫了這幾個字。打開附件裡的圖片後，發現那似乎是ＬＩＮＥ的聊天畫面截圖。

最先躍入眼中的，是佐藤先生和女性的親密雙人照。女性是看起來只有二十五歲左右的美女，穿著輕便的無袖背心，突顯出短髮與纖細的脖子。吸引目光的豐滿胸圍形成明顯的乳溝，佐藤先生用手托著那看似沉甸甸的胸部，將對方攬過來身邊。從視角來看，大概是佐藤先生的自拍照吧。

圖片下方有一串文字對話。日期是五月的黃金週那幾天，是非常近期的事。

聊天室名稱是「佐藤尚紀」。由佐藤先生起頭聊天，然後是一連串與聊天對象的對話。應該是鴨嘴獸老師提過的感情很好的漫畫家之一吧。

有巨乳老婆太爽了。

謝啦。我今晚就用這個了。

住手啦，不要用別人老婆打手槍w

馬上要有第二胎了嗎？

那我得多連載一部作品才行啊～
畢竟才剛買房而已。

加油啊，爸爸。
我也好想交女友喔～

哦，那再辦一次聯誼吧～
不過，講句正經的，
我老婆說想要讓小孩念私幼，
坦白說可真夠辛苦。

感覺結婚後就不能再玩了呢。

但我還是玩得很開啦（笑）。

哎～好希望作品再改編成動畫喔～
再多豬叫幾聲來聽聽啊，萌豬們～我的女主角那麼可愛耶。

「…………」

這確實很猛。真的來了個超乎預期的爆料。
看到這張截圖，無論是長年的愛慕還是對漫畫家的尊敬之情都會幻滅。
如果黑瀨同學已經盲目到看完這張截圖也依然喜歡佐藤，那就完全沒救了。
「黑瀨同學。」
或許有點殘酷，但我還是將開著截圖的手機遞給她看。
「妳看這個。」
「咦？這是什麼……」
黑瀨同學困惑地探頭看畫面，不過她似乎隨即明白這是什麼東西。她會跟佐藤先生用L

ＩＮＥ聊天，應該記得這張像是風景照的大頭貼。

「……這就是佐藤先生。」

「…………」

黑瀨同學的眼睛彷彿黏在手機畫面上似的定睛看著，嘴唇微微顫抖起來。

雖然無從得知佐藤先生是怎麼跟黑瀨同學說自己太太的事情，不過就這張截圖來看，只會覺得他們是感情和睦的夫妻。

「沒事吧？黑瀨同學……」

儘管是我自己拿給她看的，她大受打擊的模樣讓我很擔心，於是出聲問了一下。

「抱歉！久等了！店長又忘記有活動而出包了，幸好應該可以順利解決～！」

這時，月愛回到我們坐著的長椅。她的情緒還停留在講電話的時候，一察覺到自己與我們之間的溫差，臉上就浮現一絲尷尬。

「……所以，怎麼樣了？」

她來回看著我和黑瀨同學的表情，露出有些納悶的笑容。

看到月愛這樣，黑瀨同學便笑了。那是心情豁然開朗的笑容。

「欸，我們三人現在一起去吃飯吧？反正本來的計畫取消了。」

「咦？妳的意思是……」

月愛滿臉困惑，黑瀨同學則帶著微笑告訴她：

「我不會再見佐藤先生了。ＬＩＮＥ也會封鎖的。」

如此說道的黑瀨同學拿出自己的手機，在我們面前封鎖佐藤尚紀，刪除聊天室。

◇

後來，我們搭公車到目白站，在車站附近大樓裡的餐廳吃飯。這是一間主打有機料理的時尚餐廳，與剛才去過的旅館比起來，相當休閒且平價。

「啤酒、啤酒，我們來喝吧！不然我要受不了了！」

餐廳內四面環繞著白木紋牆壁，氣氛歡快輕鬆，黑瀨同學一走到四人桌便立刻這麼說。

「海、海愛，別喝太多喔……」

月愛很清楚黑瀨同學的酒品，慌張地叮嚀她。

黑瀨同學和月愛並肩坐在連椅背都是木頭的椅子上，我則坐在月愛的對面。

「總之先點啤酒和炸雞，月愛你們也隨便點些什麼吧。」

黑瀨同學瞥了一眼菜單，明明還沒喝酒，她的眼眸卻呆滯無神。

「佐藤尚紀是怎樣？實在很扯耶！」

開始喝酒後經過一小時，黑瀨同學果然已經喝得醉醺醺，一手拿著啤酒杯，開始沒完沒了地說醉話。

「跟他告訴我的完全不一樣！明明一直有在跟太太滾床單嘛！什麼叫做『已經沒辦法當女人來看待』啊！甚至還說『可能會離婚』！」

「咦，那是怎樣？太爛了吧！他用那種話來騙妳嗎？」

月愛附和著黑瀨同學，情緒也變得很高昂。

「他根本不是什麼好東西！真希望那種男人可以從社會上消失！」

「真的！最好切掉！」

「對啊！雖然切掉什麼不好說！」

「那東西嘛！不好說！」

「等、等一下，妳們兩個都冷靜點……」

這個話題與餐廳的時尚高雅氛圍很不搭，我留意著周遭其他桌，小聲告誡她們。不過餐廳裡有很多組客人是四人左右的女生聚在一起用餐，意外地充滿嘈雜的說話聲，真慶幸。

「反正，不管有沒有滾床單，結婚都是事實啊……」

聽到我這麼說，黑瀨同學便顯得很沮喪。

「……是啊……不用仔細思考……事實就是這樣……」

剛才的威風都拋在腦後，黑瀨同學大嘆一口氣。

「唉……哪裡有單身好男人啊……」

月愛用安慰的眼神看著妹妹。

「妳喜歡什麼類型的人？」

「……像佐藤先生那樣的人。」

一手撐著臉頰，黑瀨同學鬧彆扭似的噘嘴答道。

「咦？等等，那種人就算是單身也別碰為妙！」

「對啊，他會劈腿喔？」

即使月愛和我這麼說，黑瀨同學依然擺著倔強的表情，像個愛耍任性的孩子。

「可是，現在問這個，我也只想得到他啊……」

月愛心疼地看著妹妹，拿起玻璃杯就口。也許是考慮到黑瀨同學可能會發酒瘋，她喝的是無酒精的檸檬水。

「……海愛，妳有除了龍斗以外的男性朋友嗎？」

月愛忽然這麼一問。

黑瀨同學緩緩搖了搖頭。

「……沒有。」

「那就從朋友開始吧。依妳的情況，在談戀愛之前，先提高對男人的免疫力比較好。」

黑瀨同學瞄了月愛一眼，又輕輕嘆了一口氣。

「講的話一模一樣耶，你們這對情侶感情真好……」

「咦？」

月愛一臉吃驚地看我。畢竟她應該不知道我們在她離開長椅講電話時的談話內容。

將月愛撇在一邊，黑瀨同學看著我。

「講森鷗外的人……是叫久慈林同學沒錯吧？」

「嗯。」

「如果方便，下次可以約他吃飯嗎？加上月愛和加島同學……我們四人一起聊天吧。」

黑瀨同學說這番話時絕對不是在自暴自棄，她揚起積極正向的微笑。

「嗯……我知道了。」

「啊，這主意超棒的！人家也想見見那個自稱『在下』的人！」

「是『小生』才對。」

我笑著告訴月愛，然後視線移向黑瀨同學。

只見黑瀨同學來回看著我和月愛，臉上洋溢著溫和的笑意。

「……總覺得……」

她的臉頰因為啤酒而浮現淡淡紅暈，帶著懷念的表情瞇起雙眼。

「像這樣三個人一起聊天，讓我想起製作導覽手冊的時候呢。」

「啊……確實。」

月愛像是想到什麼似的揚起嗓音。

「從那之後，我們就沒有像這樣三個人好好聊天了呢。」

我想起高二校慶時，我們三人一起負責製作導覽手冊的時候。當時月愛跟海愛的關係還很僵硬，為了拉近彼此的距離才當校慶的執行委員。

反而我和黑瀨同學因為興趣和升學補習班這些共通點變得很要好，導致月愛和我的感情出現危機。

我為此放棄和黑瀨同學當朋友，即使中間隔著月愛，還是跟黑瀨同學維持單純同班同學的關係直到畢業。

「……不過～當時氣氛有點微妙就是了。」

月愛臉色複雜地笑了笑，黑瀨同學也露出苦笑。

「其實高三的校慶過得還滿愉快的呢。」

「嗯～就是說呀！」

月愛轉為開朗的表情拍拍手。

於是，我也回憶起高三的秋天。

♣

我在高三的校慶完全是個旁觀者，所在的班級是文科升學班，沒有班級的攤位活動，也不會算進出席天數，所以有些學生甚至在舉辦校慶的兩天都沒有出現。

另一方面，山名同學和谷北同學所在的E班是以就職及專門學校為目標的專班，不需要準備入學考試，是三年級中唯一有參與擺攤的班級。

順道一提，月愛在提交出路調查表的時候還沒有決定好出路，所以就被分到文科升學班的二班，沒有跟我們任何一人同班。文科升學班有兩班，我、阿仁和黑瀨同學在同一班，月愛則在另一個成績比較差一點的……換句話說，嗯，就是那樣的班級。

E班的攤位要辦「概念咖啡廳」……也就是以女僕咖啡廳等「概念咖啡廳」為主題的咖啡店。

而且他們的概念竟然是「兔女郎」。谷北同學負責主導女生的服裝，男生的服裝和教室內部裝飾則統一以「LUIDA'S BAR」（註：遊戲《勇者鬥惡龍》的概念咖啡廳）的風格來呈現，還滿有看頭的。

但對我而言，最大的爆點在於……

「龍斗～！怎麼樣？」

月愛不知為何扮成兔女郎。其實似乎有規定除了考生以外的高三生，都可以破例參加E班的攤位活動。

「月、月愛……？」

校慶第一天，月愛只跟我說：「人家在E班的咖啡廳等你唷♡」結果看到她在教室門口迎接的模樣，我不禁瞪大雙眼。

月愛是完美無缺的兔女郎。戴著兔耳和兔尾，脖子上繫著領片和蝴蝶結，手腕別著袖扣，穿著緊身的兔女郎裝，是一身很正統的打扮。胸前開成M字形，胸部幾乎要從那裡滿溢出來，開高叉的套裝還露出穿著薄薄黑絲襪的大長腿。

後來我聽說網襪似乎因為「性暗示太強」而慘遭老師駁回，但這身裝扮對男高中生來說已經足夠刺激了。

「哦，你來啦，加島龍斗。」

「好～有一位客人進來嘍！」

山名同學和谷北同學也穿著兔女郎裝從裡面探出頭來，只是月愛的兔女郎裝扮讓我太過震撼，無暇注意其他人。

走進教室入座後，月愛將菜單拿給我。

「那就可樂吧……」

不知道眼睛該往哪擺，想說隨便點杯飲料，結果月愛就彎腰傾向我，將嘴巴湊到耳邊。

「龍斗，人家跟你說喔。」

「……唔！」

豐滿的胸部靠過來，我內心慌亂到了極點。比起穿著制服，甚至是穿著泳裝的時候，胸部更加清晰可見，所以會發現「啊，原來這裡有痣啊」心臟怦怦地狂跳個不停。

「好像有隱藏版餐點叫做『啪敷啪敷（註：有埋胸的意思）』喔……」

慢條斯理又意味深長地說完，月愛直起身，歪頭看我。

「……要點嗎？」

「咦咦？」

有、有啪敷啪敷？

「好、好啊……！」

這是怎樣？高中生的校慶可以做這種事嗎？再說，要是除了我以外的客人也點這個該怎麼辦……？腦袋一片混亂之際，月愛就「啊哈哈！」地笑了，一副覺得很有趣的模樣。

「那麼，人家現在就去準備『啪敷啪敷』喔！」

揚起一抹妖媚的微笑之後，她走進後台屏風的另一側失去蹤影，我則是吞著口水目送她離去。

接著，幾分鐘後。

我看著放在眼前的可樂和兩杯迷你草莓百匯，感到意志消沉。

「……那個……」

月愛笑咪咪地坐在對面，像是很享受我的反應。

「……這是『百匯百匯』吧……？」

「嘻嘻！對呀？」

她感到好玩似的輕笑出聲。

「要是客人點了這個，人家就能坐下來。」

原來如此……這樣我倒也滿高興就是了。

「你以為是什麼呀？龍斗這個變態♡」

我一句話都無法反駁。

沒錯，我就是個色鬼……

我垂頭喪氣地如此心想，而月愛就「嘻嘻！」地笑了。抬頭一看，發現她眼睛彎彎地漾著微笑，凝眸注視著我。

「……真正的就等到下次吧。」

「咦？」

她剛才說了什麼？

真正的？真正的啪敷啪敷？話說回來，「啪敷啪敷」究竟是什麼？跟我想的是一樣的意思嗎？

「好啦，快吃百匯吧。」

正在張皇失措之際，月愛在我面前拿起塑膠湯匙。

「啊～♡」

被餵了月愛的啪敷啪敷……不，被餵了一口百匯後，感受到草莓冰淇淋在口中融化。

但比起這個，在胸口蔓延開來的酸甜滋味更讓我心神蕩漾。

校慶結束後，緊接著舉辦了運動會。

即使升上高三，月愛依然在賽跑和大隊接力大放異彩。

對比高二的時候，唯一的決定性差異是……

「加油喔～月愛～！海愛～！」

月愛的母親在觀眾席揮著手。

正在排隊等待上場的月愛和海愛相視一笑。

「謝謝妳，媽媽～！」

「我們會加油的～！」

她們兩人牽著手，用空著的另一隻手朝母親揮了揮。

接著再次看著彼此，露出欣喜的笑容。

她們兩人此刻的模樣，正是我想看見的。

我抱著這樣的感慨坐在班級的座位區，獨自在內心感到溫暖。

♣

從那之後經過三年。

月愛與黑瀨同學跟那個時候一樣手牽著手，走在夜晚的道路上。

這是大街上的人行道，通往目白站。

現在是平日的晚上九點左右，返家尖峰時段早已過去，往返於車站前面的人潮並沒有多擁擠。

「海愛這麼可愛，一定沒問題。」

月愛刻意大幅度地甩著彼此牽在一起的手，邊走邊鼓勵妹妹。

「沒有男人會不喜歡海愛。龍斗也是呀，如果沒有人家，現在應該在跟妳交往吧。」

「…………」

我沒辦法斷定不會有那種事。

而且這種氣氛下也沒有否認的必要。

我和月愛的關係已經超越了會在意那種事的階段。

這是我感受到的。

「所以，下一個會更好。海愛一定可以跟下一個喜歡上的人在一起。」

「…………」

黑瀨同學大概也有感受到這一點。

她略顯落寞地笑了笑。

「謝謝……月愛今天有來真是太好了。」

說完，黑瀨同學隔著月愛看向我。

「也謝謝加島同學。」

然後她面向前方。

「我會努力的。」

抬頭一看，天空彷彿籠罩著白色薄霧一般灰濛濛的，有些圓潤的上弦月發出光芒，擴散到整片天空。

月光純淨清透，令人覺得有些神聖。

「努力活得問心無愧。」

黑瀨同學仰望天空輕聲說道，一行清淚順著臉頰滑落。

「……沒錯。」

「加油喔，海愛。」

如此說道的月愛用空的那隻手牽住我的手。

月愛走在中間，我們三人就這樣手牽著手邁向目白站的圓環。

加油，黑瀨同學。

妳非常了不起。

妳所做出的決斷，換成其他女孩子站在相同的立場，絕對沒有人辦得到。
妳是品格高尚的女孩子。
希望妳能成為這世上最幸福的人。

但願我的聲援可以透過月愛，傳遞到黑瀨同學的心中。

我緊緊握住了月愛的手。

第三章

進入六月，今年也到了月愛的生日。

「太棒了————！採草莓————！」

看到四周環繞著田野小徑的成排溫室，月愛發出歡呼聲。

六月下旬的星期日。天氣預報說這天微陰無雨，現在是上午十一點。

我們從東武伊勢崎線最近的車站坐計程車，來到越谷市採草莓。

「聽說今天是今年最後一天能採草莓的日子。」

「咦，好險！差點就錯過了。」

「對啊，幸好有趕上。對方說因為今年還有草莓才會受理報名，不然依照往年經驗，這種時期早就結束了。」

起心動念的原因，是以前帶小孩去LakeTown約會時的對話。

——好想找一天去採草莓喔～其實人家從來沒採過呢。

自從那天以來，我們久違地在假日約會。今年的月愛生日是平日，決定提前約會慶祝生日之際，我想到她說的那句話，便預約了採草莓。草莓的主要產季是春天，大多農家五月左右結束受理，光是要找到還能採草莓的地方就很不容易。

終於找到這裡後，打電話過去時，對方還問：「草莓已經沒剩多少了，確定要來嗎？」可能是臨近產季尾聲的緣故，即使快到開始時間，還是看不到我們以外的遊客。

溫室旁邊有個類似小帳篷的櫃台，在那裡付錢後，拿到了小小的白色塑膠容器。有圓形凹槽和方形凹槽，很像知育菓子的製作容器。

「蒂頭放這邊，然後這邊放煉乳。」

櫃台的男性如此向我說明。我看向收銀台，發現有在賣條裝的煉乳。

「最近的草莓很甜，幾乎沒有客人沾煉乳喔～都是中年人在買。」

沒有推銷的打算，真是老實的農家。

帶我們去溫室的也是這個人。他是身材清瘦的中年男性，明明還是六月，皮膚已經曬黑了，充滿農家的氣息。

「本來時間是三十分鐘，但今天就要結束了，你們就盡情吃吧，反正沒有其他客人。不過待一小時應該就會吃得很撐就是了。」

「咦～真的嗎！太棒了～！」

意料之外的好意讓月愛打從心底高興了起來。果然沒有我們以外的客人啊。

「人家要大吃特吃～！」

「四處搜尋看看，找出漂亮的草莓吧。」

聽到農家這麼說，我們鞠躬表達感謝，展開只有兩人的採草莓之旅。

「唔哇，好熱喔！」

一進入溫室，濕悶的暑氣就一口氣撲進衣服內側。現在正值梅雨季節，沒下雨的日子氣溫還會飆到三十度，在每天都悶熱不已的時候來到這種炎熱環境實在很難受。別說一小時，搞不好連三十分鐘都待不住。

「真的沒什麼草莓呢……」

「對啊……」

溫室內乍看之下綠意盎然，即使發現了草莓也都小小顆的，看起來不是很好吃。

「啊，有了！」

這時，月愛如此喊道。

好幾列田畦整齊劃一地並排在溫室內，上面種的草莓品種各不相同。一列田畦分成上下兩段，上段與成年人的視線齊高，下段則大概在膝蓋以下的位置。

月愛蹲在地上，手伸向下段的草莓。

「你看你看！」

「哦哦！」

那顆草莓通體紅潤又大顆，賣相很好。

「太美了吧。」

「這一帶好像都長得滿好的。」

確實可以在這附近看到幾顆偏大的紅豔草莓。

月愛摘下其中長得最漂亮的草莓，笑咪咪地看著我。

「來，啊～♡」

「咦，要給我嗎？」

「嗯，龍斗也喜歡草莓吧？吃甜點的時候，你總是點上面有草莓的不是嗎？」

「啊……嗯。」

不愧是月愛，對於我的事情似乎無所不知。

「但月愛也喜歡草莓啊，沒關係嗎？」

「沒關係啦，因為看起來很好吃才給你呀♡」

明明是來採草莓的，何必為了一顆草莓在這裡僵持不下？不過，爭論到最後，我便彎下身，讓月愛蹲著將草莓餵給我吃。

「好吃嗎？」

「嗯……」

「人家也吃一顆吧。」

月愛摘下附近第二大顆的鮮紅草莓，送進自己口中。

「嗯，真好吃♡」

嚼著草莓，臉上浮現滿足的笑意。

「……人家呀。」

她忽然就這樣蹲著露出微笑，抬頭看站著的我。

「總是會想把最好的東西送給龍斗。人家只要第二好的就可以了。只要龍斗開心，就是人家最大的快樂。」

「月愛……」

我胸口一熱，月愛則垂落視線，輕輕一笑。

「龍斗是第一個讓人家產生這種心情的人……肯定也是最後一個。」

接著，她抬眸凝視著我。

「所以，你要長命百歲喔。」

「……咦？」

沒想到話題會繞到壽命上，我錯愕地笑出來。

「怎麼會講到這個？」

「因為如果你比人家早走一步，剩下的人生會很寂寞耶。」

「若要這麼說……」

看著臉頰鼓起的月愛，我回道：

「……那妳也得長命百歲才行吧？」

我平常不是會說這種話的人，頓時覺得很難為情。

月愛見狀，開心地笑了。

「嘻嘻！對呀。」

如此說道的她倏地站了起來。

「那就多吃草莓促進身體健康吧～！維他命、維他命♡」

於是，我們在田畦間走來走去，四處尋找熟得剛剛好的草莓。

溫室內，田畦上方掛著寫有品種的牌子。

「啊，這個叫做『香野』。」

月愛踏進另一條田畦，查看牌子後說道。

「跟剛才的『栃木少女』有什麼不同呢？」

這時候，我立刻換上得意的表情。

「『香野』是『栃木少女』的後代喔。」

久違的一日約會，而且這天還要慶祝生日，我卯足幹勁為今天做準備，花了好幾天查草莓的資料。現在正是展現知識的時候。

「正確來說，香野是將女峰、千葉愛莓、豐香、寶交早生、章姬、阿卡夏美津子、栃木少女和三陽莓當作母株培育出來的品種。雖然果肉偏硬，但富含大量水分，吃起來很多汁，特徵在於清爽的甜味和不明顯的酸味，最重要的是如同其名具有馥郁的『香味』。這是因為富含『芳樟醇』這種香氣成分，與甜味產生交互作用後，可以品嘗到更加突顯草莓滋味的清爽果肉。啊，剛才雖然說了『果肉』，但草莓嚴格來說根本不是果實，我們吃的是名為『假果』的部分，真正的果實是草莓表面上的小顆粒。至於我們吃的部分究竟是什麼，那是草莓花裡的雌蕊子房授粉後，包覆著種子逐漸膨大形成的部分……啊！」

發現月愛一臉茫然的表情，我猛然回神，止住話匣子。

「抱、抱歉……我做了功課，想說妳有疑問就能幫忙解惑，結果不小心說得太多……」

本來只要一點一點地告訴她就好，但我下了一番苦工才背住這些知識，一旦打開開關就停不下來。

「啊哈哈！」

月愛感到有趣似的笑了。

「這讓人家想起珍奶約會的時候，那時也是生日約會呢」

「的確……」

這麼說來，還有這一回事。現在想起來就覺得很懷念，也對四年後依然做出相同行徑的自己感到有些丟臉。

「……欸，龍斗。」

月愛忽然換成沉靜的語調，我感到有些意外，目光移到她身上。

只見她臉頰透著紅暈，勾起微笑注視著我。

「我們還能再一起過幾次生日呢？」

「……咦？」

我從來沒想過這種事。

「假設我能活到男性平均壽命八十歲……還有六十次左右吧？」

我邊計算邊回答後，不知道是覺得哪裡有趣，月愛笑了出來。

「嘻嘻！」

接著她雙手交握放在背後，仰望溫室的天花板。

「只剩六十次啊……人生真是短暫呢。」

「是、是嗎？」

對現在的我來說，還有六十年是長遠到無法想像的歲月。

「……龍斗～」

「嗯？」

聽到月愛像是在撒嬌的聲音，我看向她的臉龐。

她有些感傷地瞇起雙眼。

「我們兩個要活到一百歲喔？」

「咦？」

「這樣就會多出二十次了。」

月愛依然帶著認真的表情。

「然後下輩子也要在一起喔？」

「下……下輩子！」

她這句超乎常理的發言，讓我有一瞬間嚇了一跳。

但我也跟她一樣，想要永遠陪伴在彼此身邊。

「……好、好啊……當然。」

「絕對喔？我們約好嘍？」

如此說道的月愛朝我伸出小指頭。

察覺到她應該是想打勾勾，我也伸出小指頭。

「嗯……」

雖然已經搞不清楚這是在做什麼約定了。

但無論是活到一百歲，還是下輩子也要在一起，都不是我能決定的事情。

我和月愛都不曉得實際上會如何發展。

儘管如此。

對月愛的感情，甚至超乎我自己能承受的範圍。

想要一直陪伴在她身邊，僅只一次的人生對我來說不夠。

我可以對任何人發誓，這份心意是真的。

「……對了，妳知道草莓的花語嗎？」

想起在查草莓資料時學到的冷知識，我這麼說道。

「不知道耶，是什麼？」

月愛就這樣豎著小指頭，興味濃厚地看著我。

「……是『幸福的家庭』及『尊重與愛情』。」

「原來如此呀……」

月愛輕輕一笑。

「很棒的花語呢。」

「嗯……」

這跟我想與月愛共築家庭的心願，以及所懷抱的心情一樣。

沒辦法連同這部分都說出來的我，簡直是笨拙到了極點。

就算這樣，月愛還是希望下輩子也能跟我在一起。

在悶熱的溫室裡，一手拿著連裝煉乳的凹槽都塞滿蒂頭的杯子。

我和月愛在草莓們的陪伴下，悄悄地打了勾勾。

◇

「實在是吃太飽啦～」

採完草莓的回家路上，月愛仰望著天空叫道。

「一開始覺得草莓這種東西無論多少都吃得下吧？但人家真的不行了～肚子再也塞不進

任何東西了。」

「不過水果幾乎都是水分，應該很快就會餓了。」

來這裡的時候是從車站坐計程車，回程則因為還有時間，我們便悠閒地走回車站。

天氣微陰，陽光也不強，大中午走在河堤的平穩道路上令人心曠神怡。這條河川沒有荒川那麼大，河堤也很低，像是曠野一樣。

「可是，人家還吃不下午餐耶～」

「對啊，該怎麼辦呢……」

我們打算採完草莓後，找個地方簡單吃頓午餐，再購物之類的打發時間，最後去新宿吃晚餐。

「…………」

明天月愛一早就要工作，我也要去大學上課。

我想起以前對久慈林同學說過的藉口。

——後來，等我終於考上大學，就變成月愛那邊迎來雙胞胎妹妹的誕生，她也成了社會新鮮人，忙得不得了。即使偶爾抽空見面，她也會被家人或公司叫回去，遲遲找不到機會營造那種氣氛……然後就拖到現在。

這是真的，但真正的原因不是只有這樣。

畢竟從現在到去訂好的餐廳吃晚餐前，我們等同於沒有任何計畫。也可以先去新宿，然後走去聽說有很多愛情賓館的歌舞伎町一帶，找一間「休息」到晚餐時間為止。

如果我們兩人有那個意思，即使是以前也一樣，只要有兩、三個小時的空檔，隨時都可以做。

——也就是「漫長的春天」啊。

到頭來，就是這麼一回事。

交往初期的魯莽氣勢早已消失無蹤，好幾年下來都沒有做，我如今也不知道該在哪些時機做哪些安排，才能走到那一步。

就算沒有得到月愛父親的允許，我們兩個都已經到了不會觸犯淫行條例的年紀，我也在大一的時候接種HPV疫苗。順便補充一下，我母親後來在子宮頸上皮內贅瘤的階段就成功將其切除，現在也健康地過著生活。

現在沒有任何事物阻攔在我們面前。

不過這兩年來，月愛也沒有催我要進一步發展。

正因如此，我很開心她主動提議夏天去沖繩旅行。

沒必要在這時候著急。

我會在沖繩和月愛親密地結合。

「……好期待去沖繩喔～」

月愛在這個時候輕聲說道。

「對啊。」

說不定她也在跟我思考同一件事。

「去沖繩前，要讓妮可幫人家做超漂亮的美甲～♡充滿度假風的那種～！這次也配合泳裝選一樣的顏色好了～！」

山名同學成為美甲師後，月愛每個月都會去A車站的美甲店找她做指甲。

「啊，對了。妮可工作的美甲店最近也開始在做男士美甲了，她說放在網路上的範例照片不夠，希望你有空就來一趟！如果你願意讓她拍指甲的前後對比照片，就會算體驗價，第一次只要半價喔！」

「咦咦！美、美甲？我嗎？」

看到月愛那又長又尖的亮片美甲，我絕對不要變成那樣……這麼想之際，月愛就噗哧一笑說道：

「只要做保養就行了啦。光是修剪甘皮、用銼刀把指甲表面磨得光滑平順，男生的指尖就會變得非常乾淨清爽喔！」

「保養……？甘皮……？」

雖然不是很清楚，但我似乎不會被做成閃耀刺眼的美甲。

「知道了……我考慮看看。」

「嗯！那人家先跟妮可說一聲喔！哎呀～去沖繩要做什麼美甲好呢～♡」

月愛再次露出期待的表情，開始思考沖繩的事情。

「啊，對了！人家今天帶了沖繩的導覽書喔！等等來看吧♡」

「咦，真假？我也有帶耶。」

因為月愛這麼說，我便從自己的郵差包裡拿出導覽書給她看。

月愛看到後「咦？」地揚起嗓音。

「跟人家的一樣耶！太好笑了吧！」

她也從自己的肩背包裡拿出封面一樣的導覽書。

「你看！」

「真的耶。」

「咦～好好笑喔！市面上的導覽書明明就多得要命～！」

「我想找放得進包包、內容又豐富的書，所以就選了這本。」

「跟人家想的差不多！」

我和月愛因為出乎意料的巧合而感到興奮，邊走邊看著彼此笑了起來。

「一人一本耶！」

「就像教科書一樣呢。」

「沒錯～！」

月愛笑了笑，用雙手環抱住我的手臂。

「我們心靈相通了呢♡」

「就、就是說啊。」

我覺得難為情，說話有點吞吞吐吐，而月愛也雙頰飛紅，朝我微微一笑。

「那我們找間咖啡廳，擬定一下計畫吧。」

「……嗯。」

於是，我們搭乘電車前往新宿。

進入咖啡廳看著相同的導覽書，一面閒聊一面討論沖繩旅行的事情到傍晚。

◇

「哇啊～！好棒的景觀喔！」

走進晚餐訂的餐廳後，月愛往窗戶的方向一看，揚起嗓音喊道。

這間店位於從新宿西口走十分鐘左右的大廈二十幾樓，整面玻璃牆映出晚上七點天色依然很亮的都心景色。

「這裡是怎樣！龍斗，你在哪裡知道的！你來過嗎！」

被帶到窗邊的桌位後，月愛一臉興奮地詢問。

「沒有，我上網查的……」

老實說，佐藤先生帶黑瀨同學去餐廳的那件事一直留在腦海一隅，雖然我不是會做這種事的人，還是搜尋了「看得到夜景的餐廳」。

這裡樓層很高，價位倒沒有多貴。而且供應的是日式料理，店內的燈光也長得很像紙罩蠟燈，座位入口是要脫鞋才能踩上來的挖洞式暖爐桌，由於整體採日式風格，沒有太裝模作樣的感覺。即使是我，也能勉強鼓起勇氣訂這間餐廳。

「怎麼了？難道你要對人家求婚嗎？」

月愛笑著調侃我。

「沒啦，想說偶爾來這種餐廳也不錯。」

我難為情地答道。

開始用餐後，窗外景色逐漸沉入黑暗，都心的夜景宛如寶石盒一般熠熠生輝。

「好美喔……」

月愛沉醉地注視著夜景。我看著她的側臉，心底有些複雜地升起一股「似乎該感謝佐藤先生」的感覺。

我們享用著晚餐，吃到最後的冰淇淋甜點之際——

「啊，好棒，是生日蛋糕耶！」

月愛無意間望向餐廳的外場空間，揚起了嗓音。

只見女服務生正端著一顆圓形蛋糕走過來。蛋糕上插著已點火的蠟燭。

「有人今天生日嗎？跟人家很近呢！」

也許是對素未謀面的陌生人產生了親切感，月愛雙眼綻放著光采。

「應該吧？網站寫這裡有壽星招待……」

我大概猜到了，但附和時儘量不表現得太明顯。

「哦～有這種服務呀，真周到呢……」

這時，端著生日蛋糕的服務生走過來，站定在我們面前。

「月愛小姐，祝您生日快樂。」

聽到服務生姊姊滿臉笑容地這麼說，月愛睜圓了眼睛。

「咦，是人家？」

月愛可能真的完全沒想到慶祝的對象是自己，那張表情就是打從心底嚇到的模樣。

「哇！太謝謝了！」

她雙手合十，感動不已。

「龍斗，你是怎麼了！這是你第一次這麼做吧？」

服務生離去後，月愛看向我，揚起驚訝的嗓音。

「……我也有所長進了啊。」

我難為情地笑著答道。

其實只是上網訂位時，發現有附招待的方案就選了。可能是氣氛不錯的餐廳會有很多客人來慶祝紀念日，省去了不少工夫。

「雖然有點早，不過祝妳生日快樂，月愛。」

聽到我這麼說，月愛有些羞澀地笑了。

「嘻嘻，謝謝。」

接著，她的視線投向天空轉暗後更加璀璨耀眼的夜景。

「……唉～又要比龍斗年長一段時間了。」

「嗯，對啊。」

難道她每年都會在意這種事嗎？想想就覺得很可愛。

「不過妳想，男生的平均壽命比較短嘛。」

為了安慰她，我便這麼說。

「我很慶幸月愛年紀比我大，這樣我們才能在一起比較久啊。」

可能是想起先前採草莓的事情，月愛「嘻嘻！」地笑了。

「沒關係～我們會活到一百歲，九個月只是誤差而已啦♡」

「是、是嗎？」

即使不是很清楚，但看到月愛恢復精神，我的安慰也算是奏效了。

「來吃蛋糕吧！」

「嗯。」

在月愛的催促下，我們開始吃服務生拿回去切成兩半的蛋糕。

這是白色的草莓蛋糕，偏小的尺寸兩個人吃剛剛好。上面裝飾著草莓。

「……雖然採草莓時吃的草莓也很好吃。」

月愛將上面的草莓放進口中說道：

「不過還是這種拿來賣的比較好吃呢。」

「對啊。」

我也露出苦笑表示同意。採草莓時確實有好吃的草莓，但找起來很費工夫。

「如果是盛產期去採，或許就能吃到更多好吃的草莓了。」

「就是說呀～！明年春天去吧！」

月愛的嗓音很雀躍。接著，她的視線落在自己的蛋糕盤子上。

「話說回來，甜點師傅真的手藝很好呢～近看也覺得像是魔法一樣，人家絕對學不起來的。」

「不過，妳每次做的蛋糕都很好吃喔。」

想起她最近在我二十歲生日時做的糖霜餅乾蛋糕。很少在外面店家看到那種蛋糕，讓我印象深刻。

「真的？謝謝你！」

月愛開心地笑了。

「那人家會繼續努力做的～！」

她卯足幹勁，雙手握拳用力揮動起來。

「下次要做什麼好呢～其實做過滿多的呢。是從什麼時候開始的？高二龍斗生日時有做……啊！」

月愛扳著手指數到一半，忽然停了下來。

「高三聖誕節做的蛋糕算是人家的得意力作喔？那時候還在『Champ de Fleurs』打工，有跟他們要了一些用不到的材料。」

「……原來是這樣啊。確實做得很精緻呢。」

「咦~龍斗，你真的記得嗎？」

「記、記得啦，也有拍照啊……」

我翻找自己手機裡的相簿，找到蛋糕照片後拿給月愛看。

「妳看。」

「啊，真的耶~！」

但坦白說，我幾乎不記得這個蛋糕的味道。

鮮明地烙印在記憶中的，是鮮紅草莓的微微苦味。

「好吃嗎？」

「……嗯。」

「太好了~！」

月愛鬆了口氣似的一笑，將叉子放入口中。

「這個蛋糕也很好吃呢！」

「……嗯，很好吃。」

我用叉子插起眼前蛋糕上的草莓送入口中，邊咀嚼邊嘟囔道。

在我的人生中，曾有一次帶著苦澀的心情品嘗這種酸酸甜甜的草莓。

那時是高三的聖誕節。

♣

高三的聖誕節簡直糟透了。

那天，我收到了升學補習班的模擬考結果。

這次考上法應大學的可能性也是E。

明明已經是入學考試前的最後一次模擬考。用來保底的立習院是C，比上次稍微提升了一點，但也不是A，說是保底倒顯得愚蠢可笑。

這表示我的學業能力就是落在這種水準。

本來還覺得成績有在慢慢進步。然而，時間遠遠不夠。

重考這個選擇也浮上心頭。

但與此同時，關家同學以前說過的話也掠過腦海。

——畢竟當重考生沒有一丁點好處。我是說真的。

——當個高二生真好，還可以有目標。如果當時也有人能提點我就好了……
明明我身邊有個會適時給予忠告和建議的關家同學。
我卻沒辦法及時做好準備，這只能怪自己懶散怠惰。
多希望時光能倒流。
如果從高三的春天……不，甚至更早之前就像現在這樣埋頭苦讀，或許……不過如今想這種事也於事無補。
沒錯，就連追悔過去的時間，對現在的我來說都很浪費。
大學考試還沒結束，等到落榜再後悔也不遲。
如此想著，我只能好好面對眼前該做的事情。
一天的時間說長不長，說短也不短。無論是厚重的世界史辭典還是英文單字本，不知道還要花幾天才能背完所有的東西。即使是曾經背起來的內容，也會隨著時間經過而忘記。
我心中無比著急。但是，到頭來還是只能靠一點一滴的微小努力來累積。
解開這一題，記住這一個單字。
壓抑住焦慮的心情，專心做好眼前的每一件事。光是為了強迫自己保持專注，精神就愈來愈疲乏。
當我在這條黑暗的隧道中迎來聖誕節之際，月愛就出現在面前。

「咦……」

回到自家大樓後，發現月愛在玄關。

「月愛……？」

「龍斗！」

我們沒有特地約在這裡見面。只在LINE上互相祝福彼此「聖誕快樂！」而已。

月愛從玄關大廳的迎賓椅上站起來，手上拿著蛋糕的盒子。

「妳、妳怎麼來了？」

我以為她有聯絡，但查看手機後並沒有收到任何消息。

「給你驚喜呀～！人家要送你聖誕節蛋糕，是人家親手做的唷♡」

「咦？謝……謝謝妳。」

我連見面的心理準備都沒有做好，所以腦袋轉不過來，每句話都說得迷迷糊糊的。

「做這麼大的蛋糕很辛苦吧……」

雖然沒看到裡面，但從盒子的大小來看，應該不是杯子蛋糕，而是一顆圓形蛋糕吧。

「不會，反正人家很閒嘛。而且能送你的也只有這點東西了……」

「…………」

模擬考的結果讓我焦慮到腦袋快打結，回答不出任何話。後來仔細想想，我這時候應該回說：「沒那種事，有妳在身邊我才能繼續努力。」才對。

「…………」

有個穿著大衣的男性從玄關進來，看都沒看我們一眼就快步走向電梯。現在已經超過晚上十點，大家可能都在家裡開聖誕派對，大樓的公共空間沒什麼人。

「……龍斗。」

因為我的緣故，彼此陷入一陣沉默，月愛似乎難以承受這種尷尬，於是開口說：

「在這之後……你要回家繼續念書……對吧……？」

我迎上月愛抬眸的視線。

她在羽絨外套下穿著毛絨絨的迷你連身裙，去年聖誕節好像也是類似的打扮。

希望至少能跟男友做一件符合聖誕節氣氛的事情。

現在一想，或許她當時是抱著這樣的想法。

然而，這時候的我除了自己的成績以外，沒有餘裕思考其他事情。

「……嗯……」

我的表情黯淡下來，只能如此回答。

「……人家就知道……」

月愛垂下頭淡淡一笑。雖然瀏海讓我看不清楚她的眼神，但嘴巴確實露出了微笑。

「念書要加油喔！」

當她抬頭說出這句話之際，已經恢復成平常的開朗表情。

「……嗯，謝謝妳……」

可是這時候的我只是用無精打采的聲音如此回答而已。

「……啊，我送妳去車站吧……」

「沒關係啦！這裡跟我家不一樣，離車站很近，也沒有可怕的道路。人家到了A車站就會搭計程車。」

「咦……哦……沒關係嗎？」

的確，相較於從A車站到月愛家的路，從這裡只要一半的時間就能走到K車站，而且一路上只會經過人潮來來去去的大街，這一點我也很清楚。

「龍斗快回家繼續念書吧！光是能見到你就很開心了！」

月愛語調明快地說完，朝我揮揮手走出了玄關。

「謝謝妳……再見……」

「嗯！到家再傳LINE給你喔！」

我無力地揮著手，目送月愛揮手穿過玄關自動門離去的身影。

回到家又是脫掉大衣又是洗手，忙了一陣子。

走進自己房間後，我向放在桌上的蛋糕盒伸出手。

從裡面出現的，是上層擺著草莓、外層以白色鮮奶油包覆的圓形蛋糕。除此之外還點綴著聖誕樹和聖誕老人等聖誕節裝飾，並放著寫有「Merry Xmas」的巧克力牌。

因為覺得很可惜，便在房間的螢光燈之下，姑且拍了張不太上相的照片。

我捏起一顆裝飾的草莓，吃了下去。

「…………」

月愛剛才的模樣浮現於腦海。

我知道她是為了我而在逞強。

但是我顧不上這些。即使是現在這個當下，內心也一直很焦慮。心中某處像是不斷響起敲打八分音符節奏的鼓聲，讓我的情緒始終安定不下來。

有股苦味。

這顆草莓明明從蛋糕上沾了滿滿的鮮奶油，吃起來應該香濃鮮甜才對。

這時，桌子傳來嗡嗡嗡的聲響。剛才放在上面的手機在振動。

一看畫面，是月愛傳訊息過來了。

龍斗一定沒問題的！
人家相信你，所以你要加油喔！

「月愛……」

我不由得握緊手機，口中喃喃說道。

胸口深處滾燙發麻，感覺連鼻子深處都要開始發酸。

我今天確實有些不對勁。

儘管如此，月愛還是像這樣毫無怨言地替我加油打氣，很感謝這份體貼。

她就是這麼惹人憐愛。

我要一輩子好好珍惜這樣的女友。

不然可是會遭天譴的。

想到這裡。

我眨了幾下眼睛，並打開桌燈坐在椅子上，從已經出現不少使用痕跡的黑色背包裡拿出課本。

♣

當時吃下的草莓，我至今依然記得那股滋味。

也記得人生中最低潮的時候，以及對月愛的感謝。

「……這是禮物。」

吃完蛋糕後，我將一個小袋子遞給月愛。裡面放著一個巴掌大的小盒子。

「咦？謝謝！」

月愛拿出那個長方形盒子，仔細地看著，將手放在綁成十字的緞帶上。

「是什麼呀～？飾品嗎？項鍊？」

我避開月愛那探究般的眼神，笑了笑糊弄過去。

「……啊，自動筆……？」

「嗯。」

月愛從盒子裡拿出來的，是一支筆身純白、鑲著金邊的自動鉛筆。

「上面有人家的名字耶！好可愛唷～！」

筆身側面與金屬部分一樣以金色刻著手寫體的名字。上網訂製很簡單，我便請對方刻上月愛在社群平台使用的名字「Luna」。

這支自動筆不愧是要價五千圓的高價品，在月愛手上宛如飾品一般閃閃發著光芒。

「雖然原子筆更適合當禮物……但念書應該還是比較常用自動筆吧。」

「咦？」

「從秋天開始的學校生活，希望妳能好好加油。」

或許跟以往一樣送裝飾品比較好。我如此心想，便將自己的想法告訴她。

「就像妳曾經為我的入學考試加油打氣一樣……這次換我聲援妳的夢想。」

我回想在LakeTown的時候，聽完她述說對夢想的真摯抱負後，當下受到的深深感動。

這次輪到我支持月愛了。

我想表達出這份決心。

「龍斗……」

月愛拿起自動筆，凝眸注視著我

窗外的夜景變得更加絢麗，散發著清輝。

「……而且，月愛也許不記得了。」

我是第一次向月愛坦承這件事。

「這也是……我喜歡上妳的契機。」

「咦？自動筆嗎？」

月愛驚訝地問道，我便略有遲疑地點點頭。

「……高二剛開學時，妳忘記在家長座談會的文件上簽名，所以就跟坐在最前面的我借自動筆。」

「然後呢？」

「我借給妳後，妳露出笑容說了聲『謝謝』……」

「嗯嗯。」

「……沒了，就這樣。」

月愛像是在催促我說下去似的應聲搭腔，於是我泛起苦笑。

「咦！」

月愛驚呼一聲。

「剛才那件事哪裡有喜歡上人家的要素啊！」

「就是說啊。」

連我自己也感到滑稽地笑了。

「……不過，我一直覺得妳很可愛。」

一想起那時候的感情，就覺得很懷念。

令我憧憬卻絕對無法觸及的「白河同學」。對當時的我而言，無法想像她會像現在這樣和我坐在一起吃飯。

「沒想到妳會跟我這種邊緣人說話……所以很開心。」

回想當時的心情，我獨自揚起微笑。

「借給妳的那支自動筆，我有一陣子都捨不得用……其實，現在也還保存得好好的。」

「不會吧！」

當然不是事到如今還抱著「上面有白河同學的指紋……」這種噁心的想法，只是總覺得這是屬於我們兩人的紀念品。不想弄壞或弄丟，便放在房間書桌上的筆筒裡，像獎盃一樣變成用不到的擺飾。

「我也覺得自己很瘋狂。」

我自嘲地這麼一說，月愛就說了聲「不會」並搖搖頭。

「這表示你就是這麼珍惜與人家的相遇呀。」

將白色自動筆抱在胸前，月愛微微一笑。

「就像龍斗小心珍藏著人家借過的自動筆一樣……人家也會好好珍惜這支筆的。」

「……月愛，謝謝妳。」

感觸良多地道謝後，月愛朝我露出滿面的笑容。

「人家才要向你道謝。」

接著，她感到有趣似的發出輕笑。

「……嘻嘻，如果人家沒跟龍斗借筆，我們現在會不會就是陌生人了呢？」

「……可能吧？」

在那種情況下，假如阿伊命令我「去向喜歡的女孩子告白」，我會怎麼做？就算再怎麼憧憬「白河同學」，彼此之間連一句話都沒說過，我可能提不起告白的勇氣。

「啊！」

月愛忽然叫了一聲。她的視線投向窗外，瞇起眼像是在思考什麼。

「……等等，人家好像記得當時的事情。」

她低聲如此說道。

「當時幾乎都不認識班上同學……但要走回後面的座位很麻煩，所以人家想說找附近的同學借筆好了……然後就跟講桌前的男生對上視線，順勢出聲跟他借了。」

月愛注視著一點，彷彿在回顧每一個動作似的說道。

「結果對方感覺很慌張，立刻將自動筆遞過來……讓人家覺得他真是好心。」

接著，她看向我。

「原來如此，那就是龍斗呀。」

「…………」

我很感動。

因為一直以為月愛一定不記得當時的事情。

那個時期的我對月愛來說不過是個路人而已，很感謝她從記憶的大海裡撈出當時的我。

「總覺得人與人的緣分好神奇喔。」

月愛忽然沉靜地說道。

「沒想到無數個小小偶然堆積起來……會引發這麼大的奇蹟。人家現在根本沒辦法想像自己如果沒遇到龍斗會是什麼模樣。」

如此說道的她嘴角一揚，露出淘氣的笑容。

「高二時忘記在文件上簽名的人家，做得好！」

那張天真無邪的表情，完全跟高中的時候一模一樣。

「好～！人家會用這支筆努力念書的～！」

「嗯，要加油喔。」

我發自內心為鬥志十足的她加油打氣。

「謝謝你，龍斗。」

月愛收下我的鼓勵後，朝我投來真摯的眼神。

「即使變成二十一歲，人家還是最喜歡龍斗了。」

現在依然二十歲的月愛這麼說完，微微一笑。

她看起來美麗耀眼至極，令人想要與背後的夜景一起收進畫框裡。

第四章

七月後，大學進入考試期間。考試一如往常，有的很有把握，有的不太有把握，但應該拿得到每一科的學分，就在這樣的感覺下落幕了。

先考完試的大學生就能放暑假。我自己的考試期間結束後，因為要去大學的學務處辦點事情，便約了朋友見面。

「阿仁。」

我來到離大學最近的車站，跟阿仁在驗票閘門會合。

「嗨～好久不見。」

自從阿伊那椿茶桃太郎小姐的風波以來，我們已經四個月沒見面了。

「你跟山名同學怎麼樣？」

「喔，還行吧。」

我們肩並著肩，邊聊邊從車站走到大學。

山名同學與遠赴北海道念書的關家同學分手後，立刻就開始和阿仁交往了。我是透過ＬＩＮＥ的訊息接到這個通知，所以這還是第一次聽當事人親口談這件事。

「你們很常見面嗎？」

「唔～也沒有吧，好像沒什麼變。現在也是每個月會一起吃飯一、兩次。」

「……這樣啊？」

阿仁的反應讓我有點意外。他從高中的時候就在單戀山名同學，如今心願成真了，還以為他看起來會更加興奮。

不過，阿仁這個人有時候會裝酷，或許是不想被我看見自己興高采烈的模樣吧。

「這些事，白河同學應該都有跟你講吧？」

「咦？唔……」

我回想最近與月愛的對話內容。

「……這麼說來，好像沒怎麼聽說耶。」

「真假？」

阿仁一臉吃驚地瞪大雙眼。

「……難道笑琉也不會跟白河同學聊我們的事情嗎？」

「怎麼會，這不可能啦。」

我一笑置之。雖然月愛和山名同學似乎沒有像高中時一樣每晚講電話，她們依舊是彼此的好姊妹。

「我上大學之後就很少跟月愛見面，每次見面都有很多想說的事情，月愛應該只是忘記聊這件事了。我也忘記問了。」

「喔，也是啦，怎麼可能有空聊別人的事情嘛。你們感情還是一樣好呢。」

阿仁有點嫉妒地回道，我聽了內心冷汗直流。

「不是，若要這麼說，阿仁也是啊。你們從四月開始交往，到現在三個月左右吧？現在不是最開心的時期嗎？」

我只跟月愛交往過，所以不是很清楚，但以前好像有聽說過這套定論，於是拿來調侃他一下。

「……嗯，要說開心是很開心啊，畢竟我喜歡她很久了。」

阿仁一臉悶悶不樂地答道。

「……嗯？」

不管怎麼看，那都不是裝酷、故作神氣的表情。

但是，我不知怎地沒辦法再追問下去，便決定先換個話題。

「對了，你打工怎麼樣？現在還在做嗎？」

「哦～嗯。」

阿仁從大一的時候就在家庭餐廳的廚房工作。每週三天，並沒有很多，但持續了很長一段時間，讓我感到很佩服。

「待在廚房也不會見到客人，很輕鬆喔。從冰箱拿出生菜沙拉的盤子，撕掉保鮮膜，淋上一圈半的沙拉醬就完成了，大致上都是這樣。」

「聽你這麼說，感覺很像反烏托邦餐（註：只以攝取最低限度的營養為目的，不追求美味的餐點）耶。」

「所以出餐速度才會那麼快啊。」

「嗯～企業真是用心良苦。」

「阿加呢？還在補習班打工嗎？」

「沒，補習班只剩星期六。我現在主要在飯田橋書店的編輯部打工。」

「哦，你以前說過吧？跟黑瀨同學一起做的那份工作。」

我們聊著聊著，走進了法應大學的校園。

二月跟山名同學還有月愛四個人一起開車兜風後，我和阿仁變得比以前更常聯絡。很好奇阿仁與山名同學的近況，本來想快點見到他，但我們倆都要打工和上課，時間老是湊不上，等到考完試不用上課後，才終於約好在今天我去編輯部打工之前見個面。

我跟阿仁說：「我去大學辦點事情，結束再過去。」結果他回：「我也想去法應大學看看。」便決定在大學吃午餐了。

「哇啊，校舍真大。」

一走進正門，校舍就出現在眼前，阿仁抬頭一看，發出驚呼聲。

「還滿新的耶？」

「對啊，但後面有很多老舊的校舍。」

「是喔？仔細想想，平常都沒什麼機會去其他大學呢。」

「我也是啊。下次帶我參觀成明大學吧。」

「哦～可以啊，我也不太熟就是了。」

我們一邊聊天，一邊在校園裡前進。

「學餐有三間，我們要去哪間？」

「三間！真多耶，你推薦哪間？」

「唔……」

我經常和久慈林同學一起去的學餐，是運動社團男生愛吃的那種便宜又大碗的料理，而阿仁是從外面來了解「法應」的校風，我不太想帶他去那裡。那間學餐下面的大型學餐則是隨處可見的生協餐廳（註：生協類似學校的合作社）。如此一來……

「那我們去自助餐廳吧。」

「好啊，交給你了。」

於是，我和阿仁走向我自己只去過兩三次的自助餐廳。

自助餐廳位於正門前的校舍四樓。

這裡還很新，環境又整潔，很受女學生青睞，但也因為這樣，像我這種孤單邊緣人就會覺得這裡彷彿布下了一層結界。

不同於穿搭品味跟阿伊差不多糟糕的久慈林同學，最近的阿仁相當時尚，感覺像是帶了一個嗨咖朋友，我走起路來也比平時更能抬頭挺胸。

我們踏進擁有一整面玻璃牆、採光良好的樓層，儘量往人少的地方移動，然後占了一張桌子。

「法應學生真的都一副聰明相呢～」

點了午間套餐，拿著托盤入座後，阿仁環顧四周這麼說道。

考試期間已經來到尾聲，即使是中午也比平常還要少人，但也有獨自來這裡念書的學生，可能是還沒考完吧。整體上果然是女生占多數。

「……不過，很難靜下心耶。」

「要看ＫＥＮ的影片嗎？」

高中時，我們午休經常吃便當配ＫＥＮ的影片，結果我一提議，阿仁立刻臉色大變。

「喂，不可以啦！都已經是大學生了，ＫＥＮ只能私底下偷偷崇拜好嗎！而且這裡是女生這麼多的自助餐廳耶！給我聽好了，今天千萬不能再提到ＫＥＮ！」

「咦咦！」

有必要抗拒成這樣嗎？

雖然我很好奇ＫＥＮ如今在阿仁心中究竟是什麼樣的存在，或許是因為我已退離ＫＥＮ粉第一線了，才會不明白他的心情。想到這裡，我就突然感到十分落寞。

總之看影片的提議遭到駁回，我們決定邊閒聊邊吃飯。

「話說阿伊呢？最近也很少在參加粉裡看到他。那件事之後，你有聯絡他嗎？」

「沒耶……啊，只有一次。」

「嗯？」

「我打電話給他要講我跟笑琉交往的事情，結果谷北同學大概在他旁邊吧，他們好像早就料到我和笑琉會走到這一步，一直在竊笑，搞得我很火大，立刻就掛掉電話了。」

「這樣啊……」

自從阿伊和茶桃太郎小姐的那件事以來，我好像也完全沒有聯絡過他。

「真是的，不曉得他在幹嘛～」

「但願他過得很好。」

「應該過得很好吧？憑我們的交情，死了至少會接到葬禮的通知才對。」

「哈哈。」

阿仁的黑色幽默讓我輕輕一笑，繼續吃午餐。

「谷北同學啊……」

阿仁一邊將淋著多蜜醬的蛋包飯送入口中，一邊喃喃說道。順道一提，我正在吃和風豬肉小松菜義大利麵。

「雖然長得很可愛，卻是個超級難搞的人啊。感覺會被她吃得死死的。」

「不過，有些人就是喜歡這一點吧。阿伊可能就是那種類型。」

「……你是在說夜晚的事情嗎？」

「咦！不、不是啦……！」

阿仁突然開黃腔，我內心一慌。

「阿加你們呢？你是哪一邊？」

「啥？什麼？……你指哪種？權力關係嗎？」

我就這樣驚惶失措地回問，阿仁則露出意味深長的笑容。

「哪種都行啊。」

如此說道的他一臉奸笑地看著我。

「現在還是中午耶……？」

我沒有跟阿仁坦白過自己尚未與月愛發生關係，所以聊這種事有點尷尬。

「……那你和山名同學呢？問別人之前，先說說你自己吧。」

我一反擊，阿仁的臉色就倏地一變。

「……我這邊又沒什麼好說的。」

「咦……？」

阿仁不和我對上視線，轉頭看著窗戶的方向。他的側臉呈現著我們在車站前聊天時，一講到他跟山名同學交往的事情就浮現的微妙感情。

他跟山名同學發展得不順利嗎？才剛交往三個月而已耶？

正當我如此疑惑之際──

「……笑琉可能沒把我當成男人看待吧。」

阿仁忽然垂下頭，吐出這句話。

「……我實在沒想到三個月來會一丁點進展都沒有。」

「…………」

意思是，他跟山名同學沒有做情侶之間會做的事嗎？

我也是交往了四年依然是處男，只要雙方可以接受就沒什麼關係，但阿仁的表情述說著現在的狀態不是他樂見的。

「……你們還沒……做過任何事？」

我謹慎地詢問，而阿仁一瞬間看向我，鬧脾氣似的開口：

「有牽手啦……但就這樣而已。」

「……原來如此。」

「即使晚上在台場散步，相處的感覺也跟白天約會時差不多。」

「……原來如此……」

我也不擅長這方面的事，平常似乎都是交給月愛主導，沒辦法給出任何建議讓我感到很著急。

「我們好像完全沒辦法變成那種氣氛。我覺得自己有在努力了……應該說是她不讓我那麼做……」

或許阿仁其實也不想告訴我這種事情。他一直不開心地鼓著臉頰。

「就算牽手，她也會捉弄我說：『你的手是不是比我小？』」

「原來如此……」

我只能回答不知說了幾次的「原來如此」。

的確，關家同學因為個子高，手也很大。我回想他在拉麵店拿著杯子的模樣，思考了起來。可能是以前常打桌球，他的手明明很細，卻浮著青筋又粗糙，充滿男人味。

我看向對面阿仁的手。握著湯匙的右手確實比關家同學小一圈以上，還帶著少許小孩子的圓潤感。

「……與前男友在一起時的笑琉，我可是一直看在眼裡。」

阿仁說這句話的表情看起來格外難受。

我對這張表情有印象。校外教學去京都時，看到山名同學和關家同學抱在一起之後，我們一起散步一大段路，到最後阿仁就露出了這張側臉。

「完全不一樣啊。她對那傢伙展現的表情……還有現在對我展現的表情。」

「…………」

我也知道跟阿仁在一起時的山名同學，以及跟關家同學在一起時的山名同學。

「……可是，我從以前就覺得，跟你在一起時的山名同學，才是真正的山名同學喔。」

聽到我的安慰，阿仁看了看我，有點高興地淡淡一笑。

不過，那張表情立刻再次黯淡下來。

「……我知道這樣很不知足。光是願意跟我這種邊緣人交往，就該感謝人家了。」

阿仁自嘲地一笑，如此說道。

「而且我們當了很久的朋友……就算突然間變成男女朋友，心情上也沒辦法立刻切換過來。何況笑琉才剛跟前男友分手而已。我明明清楚這一點……」

說到這裡，阿仁用本來拿著湯匙的手托腮，視線往窗戶的方向移過去。

綠意盎然的銀杏樹在窗外隨風搖曳，看起來生氣蓬勃。

阿仁瞇眼注視著，輕聲喃喃道：

「都成為『男女朋友』了……尋求不同於『朋友』時的關係難道是錯的嗎……」

◇

「哦，歡迎光臨！」

我來到A車站附近鬧區的住商大樓，搭乘電梯到五樓，在看起來像大樓住家的屋子前按下對講機後，山名同學就從裡面開門，氣勢十足地出來迎接我。雖然這間店不是那樣的氣氛，但她的態度跟在居酒屋打工時一樣。

「快進來、快進來，去坐那邊。」

山名同學指著屋子的後方。那裡並排擺著兩張細長的桌子，前面各自放著像是小型沙發的椅子。

我按照山名同學的指示，在靠內側的椅子戰戰兢兢地坐下。

這間屋子小巧舒適，大概跟一個人住的一房一廳差不多。屋內東西很少，令人覺得有點缺乏情調，但壁紙和家具都統一採用白色，看起來乾淨整潔。

「……有種私宅的感覺耶。」

「對吧？」

山名同學笑了笑，隔著桌子坐在對面。與客人的椅子不同，那是沒有椅背的簡單圓椅。

「這是我們學校的學姊從開業時就獨自一人經營的美甲店。所以為了安全起見，本來只接女性顧客，但四月起有我加入後，想說兩人都在的時段也可以接男性顧客，於是就開始做男士美甲了。而且預計秋天之後還會有新的美甲師加入。」

山名同學一邊說明，一邊動作俐落地做準備。桌子中間有個東西看起來像裝著細小螢光燈的盒子，她將那東西推到旁邊，再把一個很像筆筒的容器放到面前，裡面塞滿了類似筆的工具。

「把手伸出來，我幫你消毒。」

「啊，嗯……」

除了跳土風舞的時候，我還是第一次被月愛以外的女性摸手，即使是很熟的山名同學，依然有點緊張。

山名同學逐一將我的手放到自己手上，用類似脫脂棉的東西輕輕擦拭掌心和指尖。接著，她用手機拍下體驗照。

「……那個學姊現在不在嗎？」

由於屋子很小，不需要環顧四周就知道沒有其他人在。

「哦～嗯，我說是請朋友來做體驗，一個人也沒關係，讓她去午休了。」

「原來是這樣啊。」

從山名同學口中聽到「朋友」這個字眼，我不禁有些害羞，感覺怪難為情的。一想到她真的不僅認可我是好姊妹的男友，還將我當作男性朋友來看待，就很開心。

「前陣子，我跟阿仁在大學一起吃了頓午餐。」

當時，從他身上聽說了他們之間的事情。

想起月愛提議我去做「體驗男士美甲」，我便聯絡她，請她幫忙預約隔週的平日下午一點。可以結束後再去編輯部打工，時間上剛剛好。

「哦～我聽說了。是法應大對吧？他說偏差值高到吃壞肚子了。」

「少來，他根本只是吃太多而已。」

阿仁吃完蛋包飯後表示難得來一趟，便又點了百匯和生乳酪蛋糕，然後嘟囔著「再也吃不下了～」便吃完了。

「看來你們感情很好，那我也放心了。」

如此說道的山名同學用銼刀磨我的指甲。她將指甲的白色部分削到極限，轉眼間就修成圓潤漂亮的形狀，這手法令人讚嘆不愧是職業美甲師。

「蓮他啊，一直在抱怨：『我沒辦法跟阿伊聯絡。我不想跟他聯絡。』」

山名同學模仿阿仁語氣說出這句話，揚起一抹竊笑看我。

「畢竟那兩個傢伙現在沉浸在兩人世界裡啊～」

「阿伊和谷北同學？」

「沒錯，小朱超扯的，生活重心都在戀愛上，ＩＧ和TikTok真的都噁爛到不行。你要看嗎？」

山名同學似乎非常想讓我看，在我點頭之前就停下了正在施作保養的手。她將手伸進圍在腰上的圍裙口袋裡，拿出手機遞給我看。

那應該是谷北同學的TikTok帳號，最新影片是她和阿伊的臉上有亮晶晶的特效，一起唱某首歌的短影片。大致看了一下封面，這種類型的影片一部接著一部，簡直沒完沒了。

「……真猛。幾乎天天都在上傳兩個人一起拍的影片耶。」

「對吧？到底是怎樣？他們住在一起嗎？興奮過頭了吧，真可怕。」

山名同學傻眼似的笑了笑，從我手上接過手機，繼續施作保養。

「……山名同學都沒有興奮的感覺耶？」

「因為跟蓮交往而興奮？……當然不會啊。」

山名同學輕輕一笑，一邊動著手一邊回答。

「畢竟，我們本來就不是那樣的關係嘛。」

「……但成為男女朋友後，應該會有一些變化吧……不會嗎？」

我自己也沒有談過那種戀愛，所以語氣變得不太有把握。

山名同學沒有停下正在施作保養的手，瞥了我一眼後笑了。

「……蓮好像想要改變呢。」

她就這樣注視著我的手說道：

「但我覺得很好笑。這是不可能的。」

「……是這樣嗎？」

「當然啦。」

山名同學笑著點點頭。

「……我呢，就是喜歡跟蓮在一起的時候可以做自己。」

雖然她的視線朝向我的手，但似乎又像是正看著某個遠方。

「和學長交往時，為了讓學長『看到我可愛的一面』或『覺得我很乖巧』，我不斷藏起真實的情緒。跟蓮交往就不需要勉強自己這麼做。因為我從來沒有在蓮的面前展現過那種態度。即使不這麼做，蓮還是喜歡上我了。」

「原來如此……」

這聲附和又跑出來了。因為看過阿仁的模樣，我的心情不由得變得很微妙，不過山名同學說不定認為自己與阿仁的交往極度順利。

如果對這種關係感到不滿……必須放棄這段戀情的人，不就是阿仁嗎？

一想到這裡，我就沒辦法繼續對山名同學說什麼了。

「……對了，妳和關家同學是怎麼開始交往的？」

相對地，我向山名同學詢問這種事。

我有聽說他們是國中桌球社的選手學長和經理學妹，但從來沒有從兩人身上聽過他們是如何喜歡上彼此，又是如何發展到交往的種種細節。

在山名同學的心目中，與關家同學的戀情應該占有特殊地位，所以我才會事到如今還問起這件事。

「咦？幹嘛？為什麼現在要問這個？」

「啊，不想回答就算了……」

「是沒關係啦。」

山名同學保持俐落的手法施作保養並開口：

「唔……要用一句話來說明太難了。我們是在社團花了一年才慢慢熟起來，然後因為學長要畢業就交往了。」

「誰先告白的？」

「告白嗎……唔～應該是學長吧？情人節的時候，他講了一些令人心動的話，之後氣氛就變得很不錯。」

「這樣啊。」

想起關家同學以前給我看過的國中時期照片。看起來明明那麼土氣，該表現的時候還是好好表現了啊。真不愧是關家同學。

在聊這種事情之際，我的「指甲保養」不知不覺間完成了。最後她問：「你喜歡什麼香味？」我回：「不知道。」她就用帶著柑橘類香氣的護手霜塗抹我的雙手，結束保養程序。

「哇啊，真驚人耶！」

我將恢復自由的雙手抬到眼前，目不轉睛地注視著自己的指甲。

「指甲在發光……」

十根手指的指甲長度一致，每片的表面都修得平滑，明明沒有塗任何東西，卻反射著螢光燈的光芒而閃閃發亮。指甲根部少許容易長成倒刺的薄皮也都除得很乾淨，讓指甲顯得更修長。

明明是自己的手指，看起來卻不像自己的。

我明白月愛的心情了。自己的指甲變得這麼漂亮，確實會忍不住一直看，整顆心都雀躍不已。感覺變成自戀狂了。

「今後就是男生也必須做指甲保養的時代了。有女友的男生就更別說喔？手和手指是最常碰到另一半的地方，保持清潔也是體貼的一部分。」

如此說道的山名同學拿起自己的手機對著我放在桌上的手指拍下幾張照片。

然後她看著我，揚起一抹竊笑。

「……你們兩個終於要在沖繩……沒錯吧？」

明明沒有旁人在，她卻悄聲這麼問道，讓我的心猛地一跳。

「……呃，對……」

月愛真是的，竟然把這種事告訴山名同學了啊。

「是、是有這個打算……」

山名同學帶著竊笑，靜靜地看著感到不知所措的我臉龐變熱。

「旅行前，如果有空再來一趟吧。下次也會特別給你半價優惠的♡」

說完，她調皮地眨了眨眼。

◇

進入八月，連日的酷暑終於來臨。

「熱死了……」

大中午走在外頭，頭頂上的灼熱日光炙燙著全身，我忍不住喃喃自語起來。

明明沒有打工和約會，卻還是特地在這種天氣出門，都是為了見那個人。

「哦～龍斗。」

關家同學穿過新三鄉站的驗票閘門走過來，一看到我就舉起手。

「你曬黑了耶，真稀奇。」

「星期天跟國中朋友去海邊玩了。」

關家同學的臉龐曬成淺淺的小麥色。從短袖襯衫裡露出來的手臂也變成一樣的顏色。

「去海邊真好耶。」

「只是一群臭男生在打鬧而已。」

雖然嘴上這麼說，關家同學看起來很愉快。

仔細想想，關家同學從跟我認識的時候就一直是考生，即使放暑假也沒看過他去哪裡玩。一天到晚都泡在升學補習班裡，過著絕對不會曬黑的生活。

「沒去搭訕女生嗎？」

「怎麼可能啊？我們這群都是桌球社的，全是邊緣人啊。」

「講這種話對全國桌球社員很失禮吧……」

「你可以去看看比賽啊，每個人都是起牛臉（註：指看起來愛吃起司牛丼的長相，一種揶揄邊緣人的歧視用語）。」

「……啊哈哈。」

本來想幫忙圓個話，誰知道他反而講得更過分了，我只能笑笑。

「你會在這裡待多久？」

走去空橋的路上，我向關家同學問道。

「一個多星期左右吧，預計下星期回去。收假後有考試，得念書才行。」

「這樣喔……醫學院果然很辛苦啊。」

「不過，我本來就有心理準備。而且心情上比重考那時候輕鬆多了，我撐得下去。」

淡淡地答完，關家同學像是要躲掉陽光似的垂下頭。

「……其實再多待一星期也行，但見完家鄉的朋友和你之後，我就沒有其他事可以做了。一個人住也比待在老家舒服。」

「…………」

我大概知道關家同學的家庭狀況，但聽他的語氣，感覺不只是這樣而已。不禁心想，如果關家同學現在依然在跟山名同學交往，這個暑假對他們兩人而言，就會成為無比幸福的兩個星期吧。

阿仁的煩惱接著浮上心頭，我的心情變得很複雜。

「對了，我考上大學後，老爸就對我很好。他問說『要不要偶爾去喝一杯』，所以我們今晚要一起去吃壽司。」

「咦？不錯嘛。應該不是迴轉的那種吧？」

「畢竟在銀座啊，要是吃迴轉壽司就好笑了。我老爸也太會搞笑了吧。」

關家同學說著，感覺很開心。雖然他對父親似乎又愛又恨，看來直到現在還是很尊敬身為醫生的父親。

「話說，今天來這裡幹嘛？」

終於快抵達目的地，我指向那塊又大又顯眼的藍黃招牌。

我們正在前往的地方，是無人不知的國際家具品牌製造商「IKEA」。

「北海道沒有IKEA啊。我不是搬完家就馬上開學了嗎？家具那些東西還沒有買齊。學生都住得很近，有時候朋友會來家裡玩，總不能老是把罐裝碳酸酒放在地上喝吧？所以打算趁暑假買張桌子。我上網研究了很久，還是覺得IKEA的桌子比較有型，價錢也滿划算的。但必須看過實品再買才行，上網訂購後，要是收到的東西跟想像中的不一樣就麻煩了。」

「嗯，這我可以理解。」

我也會在買大型商品前做很多功課，也不喜歡處理退貨之類的交涉流程，跟關家同學一樣屬於慎重派。

聊著這些事情之際，我們抵達店鋪。走進店內，按照路線搭乘眼前的電梯前往二樓。

二樓整體上是賣場兼展示間。除了將沙發和桌子等商品分類陳列的賣場之外，到處可見布置著各種家具的時尚小房間。只要按照路線在通道上前進，似乎就能在不知不覺間將所有家具都看過一遍。

儘管經常在電視上看到，實際來到店鋪還是第一次。

「不過，你怎麼會約我？」

「那還用問，一個人來這種地方不會很想死嗎？」

經他這麼一說，我再次環顧周遭。攜家帶眷的顧客最顯眼，再來則是情侶。有些男女畢竟都一起來這種地方買東西了，可能正處於準備同居的濃烈熱戀期吧，看商品的時候還在肉麻地打情罵俏。

「……既然這樣，找女生朋友不是比較好嗎？」

「不行吧。如果真的是『女生朋友』，來這種地方暗示性太強，會被拒絕的。」

「有道理……」

「再說，我在這邊的朋友全都出社會了。而且盂蘭盆節還沒到，大家平日都在拚命地工作喔。」

「哦……」

若是這樣，我大概明白他邀我來的原因了。

「……關家同學，新女友呢？你在那邊沒有交到嗎？」

我好奇一問，關家同學就露出一抹意味深長的微笑。

「……這個嘛，有不少人願意當我女友喔，不用擔心。」

看到那副游刃有餘的態度，不禁有點火大。

「我又沒在擔心，畢竟是你啊。」

「不過……」

這時，通道擠得水洩不通，我們停住腳步。關家同學閒著沒事做，剛好眼前的架子上有冷凍保鮮袋，便拿起來看。

「……目前當朋友就可以了。可能還要再過一陣子，我才有辦法認真跟女生交往吧。」

我一邊看著五顏六色的冷凍保鮮袋樣品，一邊聽關家同學說話。

「我現在是『醫學生』，將來會成為『醫生』。只要不是犯下什麼嚴重的過失，這幾乎是既定路線。就是因為這樣才會很搶手吧。」

好想親口說說看「很搶手」這種話，大概是乏人問津的文學院學生的自卑感在作祟吧。

我沉默不語，試圖理解關家同學話中的含義。

「跟山名談過的那種戀愛……搞不好到死之前都不會有第二次了。」

關家同學說出這番話時，那張側臉看起來意志消沉，很不符合他的個性。

「山名她……」

彷彿在細細品味似的低喃出這個名字，關家同學將手中的冷凍保鮮袋放回架上。

「是第一個在我還什麼都不是的時候，喜歡上我的女孩子……可能也是最後一個吧。」

這時周遭開始騰出空間，我和關家同學再次緩緩走在通道上。

「我並沒有後悔……當時的我只能那麼做……而且山名現在應該跟下一個男友過得很幸福……」

這樣比較好……關家同學在口中嘀咕著這句話，視線落到腳邊。

「……我只是在想，既然她那麼重要，為什麼沒能多珍惜一點呢？」

他的表情與這番話完全相反。

在我眼中，他看起來根本深陷於悔恨之中，為此痛苦不已。

「……那不就是人們所說的『後悔』嗎？」

我經常會忍不住對關家同學說出一針見血的話。反正不管我說什麼，他都會開玩笑攪亂場面。

所以——

「……啊，是嗎？」

看到他一臉尷尬地露出苦笑，我便覺得自己好像做了壞事，內心有點發窘。

「啊，你看，這個很可愛耶。」

我連忙拿起附近的娃娃。正好走到兒童房的區域，周圍陳列著玩具和娃娃等令人心情愉快的商品。

我拿的是比較大的鯊魚娃娃。

「讓它陪伴你度過獨居生活怎麼樣？」

好像在哪裡看過這個娃娃，而且庫存比其他娃娃還要多，應該是招牌商品吧。

本來是希望關家同學笑著叫我不要耍他，但他卻回了句「說得也是」，表現出很有興趣的樣子。

「我正好想要抱枕，買來當抱枕用好了。」

「咦～這種用途不會太過分了嗎？」

「既然要買，就買這個吧。」

關家同學拿的是鯊魚旁邊架子上的娃娃。長得跟鯊魚很像，但體型比較小一點，是仿照海豚做成的娃娃。

「……你喜歡海豚嗎？」

「沒有啊。不過，這隻是黑白色調，不是比較適合我嗎？」

的確，不同於有著藍色背部和粉紅色嘴巴的鯊魚，海豚是灰色和白色的沉穩色調。放在男性獨居的房間也不會很突兀。

「我要每晚抱著睡覺，當作女友來看待。」

「……嗯，這樣也很好啊。」

「我是開玩笑的，你快笑啦。」

「不，我覺得有點難過。」

開玩笑地作勢按眼頭後，我看著關家同學。

「不說這個了，到頭來你有要買桌子嗎？」

二樓這一層似乎已經走到底了，可以看到前方是餐廳區。

「啊，真的耶。不小心就邊聊邊走到這裡了。」

於是我們在通道上逆向前進，返回客廳區。

關家同學看完各種不同的桌子後，選擇作為邊桌販賣的白色矮桌當作餐桌。

除此之外，他還決定要買書櫃和電視櫃。接著在一樓將繁雜的商品裝進購物袋，又在倉庫區拿想要的家具，最後到出口結帳。

處理完宅配手續，結束購物行程後，我們來到二樓的餐廳區。

現在已經超過下午三點。

「要吃飯嗎？」

「哦～我要吃。早上起得很晚，現在剛好肚子餓了。」

「我懂，我也是超過十點才吃早餐。」

早上容易晚起是放暑假的學生常有之事吧。

「請你吃飯當作陪我買東西的謝禮，點喜歡的來吃吧。」

「咦？謝謝你。」

我待會兒傍晚要去補習班打工，想說好好飽餐一頓，便點了肉丸和薯條的套餐。

暑假期間，補習班那邊是暑期輔導中的特殊班表，我配合負責的學生，按照日子在不同的時段上班。

另一方面，關家同學的托盤上只放著偏大的巧克力蛋糕和飲料吧的杯子。

「關家同學，你只吃這樣就好嗎？」

「嗯，晚點還有不會迴轉的壽司在等我，胃得騰出空間才行。」

「哦～這樣啊。」

於是我們去收銀台結帳後，走到桌邊。

由於是不上不下的時間，餐廳還滿空的。這裡的桌子和照明應該都是IKEA的商品，呈現出北歐風那種簡約時尚的空間。環境寬敞，比起大學的大型學餐有過之而無不及，整齊劃一地排列著以白色為基調的桌椅。

我們在窗邊的四人桌面對面坐下，靜靜地吃了一會兒。

肉丸很好吃。旁邊有含一粒粒小果實的紅色果醬，起初還在想：「果醬？」但沾著吃之後，甜甜鹹鹹的滋味很令人上癮。附帶的薯泥也奶香濃郁，味道很棒，不愧是國際性的家具製造商，餐點也不容小覷。

關家同學望向窗外，沉默地吃著巧克力蛋糕。我看著他，就想起之前跟山名同學聊過的事情。

——告白嗎……唔～應該是學長吧？情人節的時候，他講了一些令人心動的話，之後氣氛就變得很不錯。

「對了，你和山名同學一開始是誰先告白的？就是只交往兩個星期那次。」

我抱著對答案的心態問道，而關家同學瞥了我一眼之後開口：

「突然問這個幹嘛？」

「沒啦，就有點好奇。」

「唔……是山名吧？」

「咦？」

我吃了一驚，拿著叉子的手停住。

「……山名同學說是你先告白的耶？」

「咦，真假？」

這次換關家同學震驚了。

「唔～～我不知道。說到底，我們是怎麼開始交往的？起頭的應該是山名吧？」

彷彿在努力回憶當年似的露出苦惱的表情，關家同學對我說：

「畢竟情人節的時候，她可是送給我五個巧克力耶？」

「五個？會不會太猛了？」

「對吧？」

「是包裝得很漂亮的那種嗎？」

「不，是類似用保鮮膜包起來的手工巧克力。」

「咦？那不是用來發給所有人的嗎？」

「可是，其他人都是一人一個，而我一人就拿到五個耶？這跟告白沒兩樣了吧。」

「…………」

關家同學這種令人意外的單純發言，讓我感覺到他跟嗨咖相反的氛圍，不禁開心起來。感覺他骨子裡的個性到現在依然跟我一樣是邊緣處男，或許就是這樣我才會喜歡他吧。

「……你這麼喜歡巧克力嗎？」

「咦？」

「因為你現在也在吃啊。」

「哦……這個嘛，我並不討厭啊……只是覺得今天就是很想吃巧克力。」

「這是什麼理由？」

我吐槽後，關家同學說：「總之呢……」將話題拉回去。

「無論哪一邊，應該都沒有正式告白過吧。」

「是嗎？」

這樣也能開始交往嗎？我實在難以置信。那是屬於大人的世界。

「畢竟，眼前的對象對自己是否抱有戀愛方面的喜歡，只要具備正常人都有的感性，不是大致上都感覺得出來嗎？如此一來，即使沒有告白，互相喜歡的兩個人還是會自然而然地走到交往的那一步，哪一邊先告白這種事已經不重要了吧？如果必須明白地說出『我喜歡你，請跟我交往』才能讓對方知道自己的心意，就算說出口了，對方也不可能答應啦。」

「…………」

想起高二校慶時的阿伊，我的心情變得很微妙。不過那兩人的事情，如今也算是有個皆大歡喜的結果吧。

而且我也……

「不，其實我就是這樣啊。跟月愛連朋友都還不是的時候就告白了……」

「真～假～啊～？」

關家同學雙手環胸，誇張地發出低吟。

「那還真是奇怪耶。無論是答應的她，還是覺得可行的你。」

「不，我是因為懲罰遊戲才告白的。」

「出現了，『懲罰遊戲』。搞什麼啊，以為是漫畫嗎？」

開玩笑地隨口一說，關家同學用叉子的尾端指著我。

「以後別把這種相戀過程告訴小孩子喔？讓孩子帶著這種觀念長大可就大錯特錯了。你們兩個真的很特殊，從各方面來說都是。」

「我才不會說咧。」

莫名覺得羞恥，我不悅地鼓起臉頰。

「所以你的答案是『情人節時山名同學主動發起攻勢』，沒錯吧？」

我再次詢問後，關家同學撇開視線，思索了一下。

「……唔，沒錯。」

「我下次會跟山名同學確認的。」

這時，關家同學一臉焦急地看著我。

「欸，不要啦。那種事就別再提了，會很傷心耶。」

如此說道的他自嘲地笑了笑。

「我可是被甩了喔？到現在還是覺得很受傷，別繼續在我傷口上撒鹽了啦。」

關家同學平常都不太正經，無論發生什麼事，他總是帶給人一種超脫世俗的感覺，有時候會搞不懂他的哪一句話才是真心話。

然而，現在這一刻。

我不知為何有股直覺。

剛才說的那番話，絕對是他的真心話。

「……對不起。」

我微微彎腰道歉之後，關家同學就用滿不在乎的眼神斜眼睨著我，嘴角揚起微乎其微的弧度。

「幫我向山名問好。」

低喃似的說出這句話，他用叉子插起盤子上只剩一口大小的巧克力蛋糕，往薄唇裡面塞進去。

「再見～！今天謝啦！」

「不會，我才要感謝你請我吃飯。」

「嗯，我年底回來時再聯絡你。」

我跟關家同學在轉乘的車站互相道別，獨自坐上電車。

隔著一個空位坐下後，我漫不經心地望著車窗外的黃昏景色。

在升學補習班時，我和關家同學都是在池袋見面，像這樣出門總覺得很新鮮。

除了他要去北海道時有去送行以外，就只有去水族館和魔幻海洋雙重約會的時候了吧。

去水族館的時候，大家還一起看海豚表演，真的很愉快。

想到這裡，我恍然大悟。

——你喜歡海豚嗎？

——沒有啊。不過，這隻是黑白色調，不是比較適合我嗎？

「海豚……」

難道說，原因就在這裡嗎？

因為跟山名同學的第一次約會是在水族館，當時看到的海豚表演令他印象深刻。

「巧克力也是……」

——你這麼喜歡巧克力嗎？

——這個嘛，我並不討厭啊……只是覺得今天就是很想吃巧克力。

——畢竟情人節的時候，她可是送給我五個巧克力耶？

想起關家同學述說著這些時，眼眸宛如少年一般閃爍著光芒。

他是真的很喜歡山名同學啊。

喜歡到即使已經分手三、四個月，依然沒辦法考慮跟其他女生交往。

喜歡到不自覺地蒐集著象徵兩人回憶的東西。

「…………」

不過，現在思考這種事情也沒用。

一切都已經結束了。

山名同學放棄關家同學，選擇了阿仁，並且對自己選擇的這條路感到滿足。

只是阿仁那邊似乎有些意見就是了……

「唉……」

為什麼大家的戀情都沒辦法盡如人意呢？

總覺得有些感傷，我不再思考下去。

對了，說到情人節……

相對地，我回憶起自己高三時的情人節。

♣

情人節在法應大學文學院入學考試的前一天。

我共通考試沒有考好，想進入頂尖大學，只能一般入學考試（註：日本的大學自行舉辦的招生考試）多加努力。已經針對各間大學研究過考古題，我告訴自己一切都有按照計畫走，正在做最後的衝刺。

進入二月後，首都圈各間頂尖大學開始進行一般入學考試。

我沒有去升學補習班的自習室，除了考試當天以外都待在家裡念書。這是為了預防感冒。考試時，在會場也一直戴著口罩。

那天，我一如往常地在自家的房間裡念書。

如今再手忙腳亂也無濟於事。找新的事情做只會徒增不安，我便確認著已經讀過好幾次的單字本和默寫筆記，還將寫過一次的考古題中答錯的問題翻出來重解。

這時房門被敲響，媽媽對我說：

「龍斗，月愛來了喔？」

「……咦？」

我查看手機，月愛沒有聯絡我。

現在是下午四點過後。

我只將土氣的居家服下半身換成牛仔褲，不明所以地走出房間。

「她說在樓下的玄關大廳。」

媽媽在走廊上這麼說，於是我習慣性地戴上口罩離開家門，搭乘電梯來到大樓的一樓。

「龍斗！」

月愛坐在玄關大廳的椅子上，一看到我就蹦跳似的站起身。

她也有戴口罩，身上穿著毛絨絨的大衣和長靴，手上拿著一個紙袋。

「……怎、怎麼來了？」

我真的一頭霧水地詢問後，月愛就瞇起雙眼。

「今天是情人節，人家來送你巧克力。」

「啊……！」

經她這麼一說我才想起來，原來考試日期是情人節的隔天啊。

「這樣啊……」

「來，給你。」

月愛將手上的簡約紙袋塞進我手裡。

「謝謝……」

「回家後打開來看看吧。啊，不過，要等到明天考完試才能吃喔！」

「咦，為什麼？」

「因為是人家親手做的嘛。」

月愛感覺有些抱歉地垂下眉毛。

「雖然做的時候有保持清潔，但畢竟不是專業師傅，要是上面沾到病毒或黴菌，害你感冒或吃壞肚子就不好了。」

「月愛……」

她竟然連這種事都考慮到了。

「我明白了。謝謝妳，月愛。」

「不會，人家才要謝謝你在這麼忙的時候出來見面。」
如此說道的月愛退後一步。她已經要回去了嗎……我內心有一絲遺憾。
「加油喔，人家真的很支持你。」
「嗯……謝謝妳。」
我朝月愛揮揮手。
「再見……」
我這麼說完，準備轉身之際，原本正朝玄關大門走去的月愛忽然「啊！」了一聲，回到我身邊。
「……嗯？」
站在面前的月愛拉起我的手，朝我用力踮起腳尖。
月愛的臉龐靠過來，嘴唇上傳來不織布口罩的粗糙觸感。
「…………」
這是隔著口罩的親吻。
事發突然，我還愣愣地站在原地，已經走向玄關大門的月愛則回過頭來，眼睛彎成了一條線。
「祝你考試順利！」

她像是加油團一樣充滿氣勢地喊完，便揮手離去了。
我拿著紙袋回家後，先在房間裡打開來看看。
裡面裝著圓圓的巧克力蛋糕，上面寫著白色的字。

加油喔！
最愛你了♡

「…………」
臉上湧起一陣熱潮。
幸好沒有一不注意就走去冰箱，這個蛋糕必須放在不起眼的地方才行。
「月愛……」
對月愛升起一股無比憐愛之情，我違背她的囑咐，挖了一口巧克力蛋糕來吃。
好甜。
腦袋的思緒好像忽然變得清晰，可能要多虧攝取了糖分吧。
心想不能錯過這個機會，於是我瞞著媽媽悄悄走去冰箱，然後回到房間埋首於最後的考前衝刺。

對於考試的結果，我說不上有沒有把握。雖然剛考完的時候覺得「應該考上了」，但隨著時間經過，內心慢慢不安了起來。

在法應放榜之前，其他大學已經公布了錄取結果。有上榜的，也有落榜的。和父母商量過後，慎重起見只繳了一間學校的註冊費，等待法應放榜。

法應大放榜的時間是考試日期的九天後。我從來沒有經歷過如此漫長的九天。這一個多星期簡直是活在水深火熱之中。

錄取結果是早上十點公布在網路上。

換日後來到當天，我坐立難安，決定來到車站前的咖啡廳和月愛一起看錄取結果。

和月愛並肩坐在面對牆壁的吧檯座位，眼前擺著一口都沒喝過的咖啡，我拿著手機緊張地盯著。

前往大學的首頁，登入個人頁面會出現報考學院的資訊。一到放榜的時間就會出現「查看」的按鈕，按下去便能知道自己有沒有錄取。

「……抱歉，我還是沒辦法。月愛幫我按……」

即使過了十點，已經可以看到錄取結果，我還是遲遲無法按下那個按鈕。

「咦，人家嗎！」

我將手機塞給月愛，她則露出驚慌的神情。

「嗯……感覺妳的運氣比我還要好。」

結果早就確定了，是否能錄取是看自己的實力，和運氣一點關係都沒有，但還是多多少少想沾一下別人的好運。

「知、知道了……那……人家按嘍？」

「咦，要按了嗎！」

「咦，不行嗎……！」

「等等，我還沒做好心理準備……！」

這種對話不知道重複了幾遍。

「好啦——人家要按了！反正龍斗一定有考上嘛。嘿！」

後來，月愛自暴自棄似的這麼說完，大動作地按下我的手機。

網頁似乎已讀取完畢，月愛看著畫面，表情一變。

「……唔！」

她睜大雙眼，淚水溢滿眼眶。

「咦，等等，有上還是沒上！讓我看……！」

看到月愛不發一語地哭出來，我做好落榜的心理準備看向手機畫面。

所以，看到上面大大地寫著「錄取」兩個字時，我有一瞬間無法置信。

「咦……」

「……龍斗……恭喜你……」

月愛流著淚，彷彿從喉嚨深處擠出嗓音似的說道。

「畢竟你很努力嘛……真厲害……做得很好……」

聽著月愛邊抽泣邊這麼說，胸口湧上一股暖流，連我都有股想哭的感覺。

「……這都要多虧有妳……」

因為有月愛的支持，我才能一路努力過來。

月愛用水潤的眼眸直直地注視著我。

「……真的？因為人家按下了按鈕嗎？」

「嗯，要是我來按，肯定就落榜了。」

月愛開玩笑似的這麼一問，我也開玩笑地答道。接著，正經地告訴她：

「……謝謝妳，月愛。多虧妳一直陪伴在我身邊。」

月愛的眼眸再次泛起淚水。

這樣的她，令我憐愛不已。

早上的咖啡廳有很多準備上班的社會人士，我就這樣輕輕地擁住月愛。

「最喜歡妳了。」

內心無比激昂，我湊到她耳邊，悄聲說出這句平常羞恥得不敢訴說的話語。

「人家也是。」

放開月愛後，便看到她雙眸再次溢滿淚水。

接著她向我微微一笑，哽咽地說：

「真的……真的很恭喜你，龍斗……！」

春天終於來臨。

而我相信自己與月愛的春天也……一定會來。

我和月愛在畢業典禮交換了領結和領帶，變成再也不用穿學生制服的身分。

畢業典禮的幾天後就是白色情人節。

我們討論著要不要看電影後吃個晚餐，或是去咖啡廳喝期間限定的飲料等等，就這樣迎接了三月十四日的到來。

上午，當我做好準備正在等待出門時間來臨時，月愛打電話過來了。

「那個，龍斗，怎麼辦？美鈴小姐從早上就在說『肚子很痛』……剛才還出血了。明明才七個月而已。」

「咦？」

即使跟我說這種事，我也是一頭霧水。

去年發現懷孕後，美鈴小姐就搬進白河家與月愛他們一起生活。月愛現在跟美鈴小姐變得很要好，也會將懷孕的過程詳細地說明給我聽，但我對女性的身體和生育的奧祕都不是很清楚，坦白說聽得糊裡糊塗的。

「打電話給醫院後，醫院的人很生氣地說：『現在立刻帶過來！』爸爸正在工作，雖然奶奶說會放下手上的事趕回來，但現在家裡只有人家而已。人家可以陪美鈴小姐搭計程車去醫院嗎？」

「哦，嗯……」

「對不起，明明說好要約會的。」

「沒關係啦。」

既然是這樣也沒辦法，更別說這件事攸關小寶寶的性命。

於是，月愛就帶美鈴小姐去醫院了。

月愛從醫院適時地回報情況。

美鈴小姐是「先兆性流產」，必須緊急住院。月愛得先回家一趟，幫忙整理美鈴小姐住院用的行李帶過去，還要忙著跟父親及奶奶說明情況……

當她解決完所有事情回到家時，已經將近晚上九點。

我估算她回來的時間，來到白河家。

「……這是白色情人節的禮物。」

在白河家玄關前，我將紙袋遞給出來的月愛。這是巧克力點心，原本要在今天約會時送她的。

「本來打算今天一起挑選可以永久保存的禮物，所以只有點心而已……」

「哇～謝謝你，好高興！這麼說來，人家今天只吃了早餐而已呢。」

雖然聲音很有活力，月愛的臉上還是寫滿疲憊。即使站在玄關燈的朦朧亮光下，也看得出她眼睛周圍的妝都暈開脫落了。這表示總是打扮時尚的她，一整天忙到連顧及外表的餘裕都沒有。

「……你要進來坐嗎？奶奶在家就是了。」

「不用了，沒關係。妳今天也累了吧？要好好休息。」

「嗯……謝謝你……」

月愛鬆了口氣似的微微一笑。

「可以讓人家改天補你一次約會嗎？」

「謝謝妳，要約哪天都可以。」

如此說道的我便離開了月愛家。

那天之後，月愛的生活突然陷入一片忙亂。

美鈴小姐過幾天就出院了，但相對地必須遵守「絕對臥床休息」的醫囑，也就是「除了用餐、如廁以外禁止起身」。期間是直到臨盆當月為止的幾個月內。

月愛會代替無法起身的美鈴小姐做家事，也會幫忙不能洗澡的她使用乾洗髮及擦拭身體，主動攬下了照顧她的工作。

即使跟我見面，有時也會說：「差不多該回去做飯給美鈴小姐了！」中途就回家了。

在這段時間，我成為大學生。

月愛則成為社會人士。

我們迎來了各自的春天。

♣

我最近經常回想高三時的事情。

不同於跟月愛交往後一切看起來都很燦爛的高二時光，高三這一年坦白說沒有什麼美好的回憶。

朝著太過遠大的目標前進，歷經無數次挫折，在不確定會不會有回報的情況下逼著自己念書，那段日子差點令我灰心喪氣。

然而，當我的心偶爾如同寶石般閃耀著璀璨光芒時，身邊總是有月愛在。

眼眸熾熱得宛如盛夏中的豔陽，神情哀愁地渴求著我的她。

在秋日天空下，與黑瀨同學一起露出開懷的笑容，向母親舉手揮舞的她。

在嚴冬中扼殺自己的感情，始終帶著笑容給予我支持，耐心容忍一切的她。

當我金榜題名之際，喜極而泣地獻上祝福，並朝著自己的嶄新人生邁步向前的她。

儘管一切都是早已過去的舊日回憶，但每一個月愛，至今依然存在於月愛體內。

也存在於我的記憶之中。

而且，無論與過去哪一個月愛相比……

此刻在我面前笑著的月愛，才是最美，最惹人憐愛的那一個。

「龍斗～快點過來～！」

看著在鈷藍色水邊揮手的月愛，我如此想著。

沒錯，此時的我們已經來到期盼許久的沖繩——

第五章

我們在早上十點前抵達沖繩。訂了比較便宜的套裝行程後，被安排搭早上七點起飛的飛機，我和月愛揉著惺忪睡眼，搭乘第一班電車前往成田。

在飛機上睡了一會兒，抵達那霸機場後就去租已經預約好的租賃汽車，由我開車展開沖繩觀光之旅。

「哇，太棒了～！大海超漂亮的～！」

我們最先前往的地方叫做瀨長島海風露台。距離那霸機場還滿近的，是位於瀨長島這座小島上的度假型商業設施。

在爬上設施的樓梯時，月愛回頭看向大海，發出歡呼聲。

「美到不行耶～！好像在國外喔！」

瀨長島海風露台是室外設施，朝著大海突出的弧形道路上，有許多間以白色為基調的店舖呈斜線一路往上排列。導覽書上形容這裡是「日本的阿瑪菲（註：義大利的海岸小鎮）」，白色建築物面向蔚藍大海呈階梯狀排列的景象，確實宛如置身在地中海度假區。

「人家超期待來這裡的～！真是超乎想像呢～！」

月愛興致高昂，一直在自拍。

「哇，這樣沒有加工嗎！超扯！」

今天是八月下旬的大晴天，沖繩的大海跟導覽書上的照片一樣是鈷藍色。

猛烈的陽光曬得很熱，但海風不斷吹拂過來，吹乾了肌膚上的汗水，令人心曠神怡。

「龍斗也一起拍嘛♡」

月愛朝我招了招手，我們便以大海為背景，一起拍了自拍照。

平淺的海水從白色沙灘慢慢地描繪出漸層色彩，深藍色與天空的水藍色交織在一起。

月愛身上的香氣，隨著海風一同竄入鼻腔。那是髮香，以及香水味。

高中時代那種心潮澎湃的感覺，久違地再次復甦。

畢竟，今晚我們一定會……

「啊，有貓咪！」

附近某個觀光客這麼叫道，我們「咦？」地循著聲音看過去。

只見一隻虎斑貓正橫臥在店舖前的露台區。

瀨長島海風露台的店鋪像梯田一樣蓋在斜坡上，所以採光很好。沐浴著南國上午照射下來的舒爽陽光，虎斑貓看起來很舒服地伸長四肢、閉著眼睛。

「哇，好可愛唷！」

愛貓的月愛走過去，在牠旁邊蹲下來。

那隻虎斑貓似乎不怕人，雖然睜開一隻眼睛瞄了月愛一下，但又厭煩似的再次閉上。

「真乖呢～」

月愛順著毛輕撫牠的背部。白皙纖細的手彎起來，溫柔地撫摸那隻小小生物的身體。

看著看著，不知為何覺得有點心癢難耐。

我也想要被那樣撫摸……她會那樣撫摸我嗎……

「欸欸，龍斗也來摸摸看嘛！這孩子超乖的唷！」

月愛一喊，我這才回神。

「咦！」

結果突如其來的大喊聲把虎斑貓嚇得起身。

「啊……」

月愛目送虎斑貓離開露台的背影，遺憾地喊道：

「走了……」

「咦！」

走了（註：在日文中也有「高潮了」的意思）！不，在這種地方講這個實在是……想到這裡，我猛然發覺自己滿腦子都是情色思想。

好丟臉。

我是國中生嗎……

「……龍斗？」

無意間一看，便發現月愛已經站起來，正帶著疑惑的表情探頭看我的臉。

「哇啊！」

猝不及防的近距離接觸，讓我驚慌失措。

「……你怎麼了？」

「沒、沒什麼啦！」

我慌亂地答道，打算若無其事地邁開步伐。

「肚子好餓喔！去吃點東西吧！」

「說得也是！哇～要吃什麼好呢～！」

月愛立刻雙眼發亮，搶在我前頭走了起來。

以南國的觀葉植物及澄淨的藍天為背景，月愛的背影在白色通道上前進。

我注視著從牛仔短褲露出來的修長美腿，將手輕輕放在躁動的心臟上。

平常心、平常心……

月愛和我在瀨長島海風露台的各種店鋪逛來逛去，一路走走吃吃。

「哇，起司太會牽絲了～！」

「不愧是『牽絲起司沙翁』。」

「長得要命～！快拍快拍～！」

「是草莓果昔耶！感覺超好喝～！」

「只能喝喝看了。」

「對呀♡人家買上面有冰淇淋的好了～！」

「義式冰淇淋真好吃～！紅芋牛奶怎麼樣？」

「嗯，很好喝喔。」

「人家的芒果牛奶也很好喝唷♡你要喝嗎？」

「月愛的芒果（註：日文的「芒果」與女性陰部讀音相似）牛奶……」

「啊，你是不是在想色色的事情呀？」

「沒、沒有啦！」

「呵呵，真的嗎～？」

月愛似乎隱約發現了我腦內的邪惡念頭。

感受著海風，盡情享受蔚藍大海與度假設施後，我們回到車上。

接著前往的是國際通。

這裡是「沖繩最具代表性」的觀光景點，一定要逛逛吧。

「不得了！人好多喔～！」

「正值暑假嘛。」

「那這裡是做什麼的？」

「咦？比如說吃頓飯，或是看看伴手禮吧……？」

「可是肚子很飽耶。」

「而且我們才剛到，不急著買伴手禮……」

大街的兩側林立著棕櫚樹，雖然在並排的各種商店之間走走看看很有趣，充滿了南國情調，但人潮眾多，又想不太到來這裡的目的，便在附近逛一下就返回停車場了。

下一個前往的地方叫做美國村。我們訂的是本島中部的旅館，從南部的機場北上途中會經過這個觀光景點，便過來看看了。即使有點塞車，從國際通開過來也花不到一小時。

聽說美國村是仿照美國西海岸街景打造而成的購物區。坐落在沖繩本島西側的北谷町，這片土地面朝大海，我們在下午四點過後抵達，可以看到西斜的太陽浮在海上。

「哇～好美！」

走在棕櫚樹林立的沿海道路上，月愛環視周遭喊道。

白雲從水平線滾滾升騰，這片擁抱著夕陽的大海呈現水藍色，比在瀨長島海風露台看到的海水還要淡，而反射陽光的白雲散發微微的粉色光芒，兩者交織出夢幻的粉彩色調。

回頭往城鎮的方向望過去，便看到以紅黃綠等鮮豔原色妝點而成的美式建築，從棕櫚樹之間探出頭來。

我們兩人牽著手，在富有異國風情的景色中閒逛一陣子，然後走進沿海一間類似簡餐咖啡廳的店家。

按照順序等了幾組客人後，我們被帶到看得見大海的甲板露台座位。

「哇，超棒的♡」

抵達座位，月愛看著大海雙手合十，雀躍地喊道。

太陽逐漸下沉，靠近水平線的海水在夕陽的照耀下，宛如鱗片般熠熠生輝。

來到白色的甲板，隔著白色的塑膠桌而坐，感覺有點像是在真生先生的海之家「LUNA MARINE」。真生先生很常出國，或許就是指定要裝潢成這種風格的店家。

「要是能在這種地方喝杯調酒就太棒了～」

「妳可以喝啊。」

月愛看著菜單喃喃說道，我要她點來喝後，她就「啊！」地抬起頭。

「對喔，龍斗不能喝酒吧。那人家也點無酒精飲料好了。」

「不，真的沒關係。」

「真的？那人家就點這杯可愛的調酒吧～」

於是，我們以調酒和水果茶來乾杯。兩杯都裝在寬口玻璃瓶裡，月愛的不僅上面有一團尖尖的鮮奶油，還點綴著草莓和藍莓。

「超可愛的～！」

月愛全心全意地拍攝飲料。有時以大海為背景，有時與自己的臉蛋一起入鏡。

「哇！」

手機操作到一半，她忽然叫了一聲。

「今天ＩＧ更新太多貼文，妮可來抱怨了！她說：『我也想去沖繩想得要命耶！』」

「……那她可以跟阿仁一起來啊。」

「啊哈哈，就是說呀。」

聽到我這麼說，月愛樂天地笑了笑。

「可能是因為妮可很難請假吧？她跟人家不一樣，才做第一年而已。」

月愛從九月起就要變更僱傭形式，便打算趁這個時候把特休用掉。其實還可以請更多天假，但其他人的班表會排得很緊湊，她覺得「這麼做實在很不好意思」，所以才會決定玩四天三夜就好。

「等秋天之後來了新的美甲師，說不定就能休連假呢～」

「對啊……」

由於月愛看起來神色如常，讓我想要稍微打探一下。

「……山名同學跟阿仁還順利嗎？」

「咦？嗯，應該是吧？」

月愛露出呆呆的表情。

「妮可沒有跟人家說過任何煩惱呀，他們的感情還是一樣好吧？」

「這、這樣啊……說得也是。」

看來，對目前的關係有所不滿的只有阿仁而已。

我們就這樣閒聊的同時，在夕陽下吃著晚餐。今天從早上開始不是簡單吃個輕食就是邊走邊吃，這還是第一頓好好坐下來吃的正餐。

點的菜色有月愛想吃的生菜沙拉，以及美式沙朗牛排。

將這些餐點一掃而空之際，夏日終於迎來夜晚。

「哇～真漂亮……」

宛如線香煙火的核心一般灼灼燃燒的球體，慢慢地遭到淺墨色的水平線吞噬……最終，失去蹤影。

原本遍布暗紅色霞光的整片天空，在這一瞬間失去了色彩。

「……沉下去了。」

月愛看向我，有些落寞地笑了。

「最後很漂亮呢。」

「嗯……能跟龍斗一起看真是太好了。」

如此說道的月愛呼出一口氣。

我忽然想起高二校外教學時的回憶。

——無論成為什麼樣的大人……人家希望……像這樣欣賞美麗的事物時，我們能永遠在一起。

月愛現在依然抱著與當時相同的心情，讓我胸口一熱。

「真希望我們能永遠在一起呢……」

月愛深有感觸地輕聲說道。她瞇細大大的眼睛看著太陽已西沉的海面。

「在遙遠的將來，或許有一天會獨自一人看著夕陽……光是這麼想，就覺得好想哭。」

她如此說著，眼眸如同水面般蕩漾。

「人家不想失去龍斗……永遠都不想……」

我想起月愛在採草莓時說的那些話。

——因為如果你比人家早走一步，剩下的人生會很寂寞耶。

——我們兩個要活到一百歲喔？

——然後下輩子也要在一起喔？

「月愛……」

這時，月愛看著我，像是想要化解尷尬似的笑了笑。

「哈哈，抱歉。人家又說了沉重的話……」

她輕輕揚起嘴角，露出開朗的笑容。

「不過，又共同經歷了一個『第一次』呢……兩人第一次的沖繩之旅。」

「……嗯。」

「人家是第一次跟男友一起出遊過夜喔……啊，假如把江之島那次算進來，應該是第二次吧？」

「畢竟那次算是意外嘛。」

月愛到現在還是很執著於跟我的「第一次」。

這一定是因為……

——相信一個連個性都還不清楚的人的「喜歡」，就這樣獻出自己的一切……人家感到很後悔。直到現在也是。

——這股後悔……可能一輩子都不會消失吧。

以前月愛向黑瀨同學傾訴的這些話語，就是存在於她心中的執念。

很高興月愛這麼珍惜我。

然而……

差不多該讓她擺脫這股執念了。

「……就算不是第一次，也已經無所謂了。」

聽到我這麼說，月愛吃驚地看過來。

「能夠跟妳一起來到這裡…………能夠像這樣陪伴在彼此身邊……我就很高興了。」

大海的顏色每時每刻都在加深，早上的鈷藍色早已不復存在。

這世上沒有恆常不變的事物。

即使我是月愛的第一個男人，十年、二十年後的我，肯定不會再從這種事情上感受到任何喜悅。

「希望妳別再掛心任何事。無論是從前的事情，還是太過遙遠的未來……」

我知道月愛正看著我，但我盯著只剩下幾根附餐薯條的牛排盤子這麼說道。

「就算今天……死在這裡……我也覺得很幸福……因為有月愛在身邊。」

萬一真的現在死掉，我八成會因為還沒進行過初體驗而後悔得無法升天，化為貨真價實的「處男怪」徘徊於沖繩的海邊。

思考著這種事情，不由得感到有點好笑，我勾起一絲微笑看著月愛。

月愛則帶著想哭的表情凝視著我。

怎麼會有這樣的巧合？

——白河同學畢業後想做什麼呢？

——唔……人家感覺現在找不太到方向。因為人家高中時代的目標已經實現了。

——是什麼樣的目標？

——「與值得長相廝守的另一半共度愛河」。

四年前，同樣在夕陽西下的海邊，面對著談論未來的月愛。

沒想到我會在跟「ＬＵＮＡ　ＭＡＲＩＮＥ」氣氛相似的店家說出這種話。

「今後……好好珍惜我們能一起相處的『當下』吧。」

喜歡上一個人真是麻煩。

將對方視為唯一，與對方心靈相通……這明明是一件非常美妙的事情。

正因為是太過重要的存在。

萬一這個人消失該怎麼辦？要是對方突然離開人世……這次輪到這些不安湧上心頭。

只要還活著，或許這些不安會一直如影隨形。

然而，如果被這些不安擊垮，導致現在的燦爛時光蒙上一層陰影，那就太可惜了。

「龍斗……」

月愛輕輕揚起一抹笑，避免蓄滿淚水的眼眸決堤。

「你說得沒錯……」

她發自內心地輕聲說道。

「畢竟人家是跑車嘛。」

光是如此，我們兩個就明白這句話的含義。

——活在當下，為了生存而生存。就像人家至今所做的一樣。

十七歲月愛的嗓音，在腦海中響起。

「嗯，就是說啊。」

因為，我們之間存在著一同度過的許多歲月。

至今以來經歷的種種，全都留在兩人的心中。

珍惜彼此的當下，也等同於珍惜彼此的未來。

因此，即使活不到一百歲。

即使下輩子並不存在。

即使有朝一日會分離。

所謂的永遠，一定就在「當下」的我們心中。

◇

就這樣吃完飯後，我們離開了夜幕降臨後點亮霓虹燈的美國村。

「……糟糕，好睏……」

將汽車導航的目的地設為旅館，開車出發。還沒經過五分鐘，坐在副駕駛座的月愛就如此喊道。

「我也是……」

只要路上不塞車，預估三十分鐘左右就會抵達旅館。但一握住方向盤，置身在順暢行駛時產生振動的混合動力車中，我瞬間就暗叫了一聲：「不妙。」

「……有點不妙。如果月愛睡著了，我可能也會睡著……」

「咦，千萬不要喔！」

聽到我這種令人不安的發言，月愛臉色大變。

「剛才講過的話會變成預言啦～！就是『就算今天死在這裡』這句話！」

「我才不希望這種預言應驗！」

「等一下喔，龍斗，人家現在會努力讓腦袋清醒過來……」

「不是，妳已經在睡了耶！」

「嗚哇～！被你發現了！」

雖然月愛一直在說話，但她的眼睛幾乎閉上了。

我要是閉上眼睛，應該隨時都能呼呼大睡，但睡意超過極限後，我們兩個的情緒都莫名亢奮。

「哎唷，好睏喔！人家今天可是凌晨三點就起床了耶！」

「我也是啊……最近總是兩點左右才睡，遲遲無法入眠，都沒怎麼睡飽。」

「我們醒著幾小時啦？不覺得很扯嗎！」

「雖然在飛機上有睡了一陣子……」

「怎麼辦？要不要找間超商的停車場小睡一下？」

「唔～好像也不太好……」

儘管可以睡個三十分鐘再醒來就好，依照現在疲憊的程度，我們可能會睡得更久。而且我希望能在旅館和月愛……懷著這股慾望，我拚命提振精神，握緊方向盤。

「快超過預計辦理入住的時間了，再加把勁吧，月愛。」

「什麼？很睏耶～人家不該喝調酒的～」

「總之去超商買個能量飲料或咖啡吧……」

「還有口香糖～！」

到頭來，總歸是沒有在開車時打瞌睡，平安抵達了訂好的旅館。

「到了……」

意識太過朦朧，辦理入住手續時，旅館人員的說明幾乎沒有聽進腦袋裡。

打開入住房間的房門後，我和月愛扔下行李，倒在併攏擺放的兩張床上。

然後，竟然就這樣一覺到天亮了。

◇

「龍斗～！」

感覺到濡濕的手撫摸臉頰的觸感，我睜開雙眼。

月愛那豐滿的胸部赤裸裸地躍入眼中，我一口氣清醒過來。

「嗚哇啊！」

這裡是充滿晨光的明亮房間。我躺在牢牢併攏的兩張床的其中一側。

月愛穿著泳裝。可能是下過水而全身濕淋淋的，腰間纏著浴巾。

「我還以為是人魚……」

「咦～什麼意思，那是稱讚嗎？」

月愛羞澀地微微一笑，取下浴巾。她用手扶著臉頰，指甲上描繪著類似南國植物的圖案，跟泳裝下衣一樣。那好像是山名同學的得意力作。

「天氣很晴朗，泳池超舒服的喔！」

如此說道的月愛從落地窗離開客房。客房外是中庭，似乎能夠直通泳池。住宿者的房間位於將泳池包圍起來的二層建築物裡。只有規模不大的旅館才能打造出這樣的構造吧。

「龍斗也快點過來啦～！」

背對著鈷藍色的泳池，月愛朝我揮了揮手。周遭種植著亞熱帶植物，葉子彷彿配合她的動作似的隨風擺盪著。

「等、等一下……」

我才剛醒來，而且昨天都沒有沖澡，沒做好任何準備讓我感到慌張。

「…………」

也許是因為昨天聊到那種事情，我好像作了個有點不安的夢。夢見月愛消失……

但現實中，她正面露微笑地站在我面前。

無論是過去的月愛，還是未來的月愛，都在此刻這個月愛的體內。

並且──

「可惡……」

今晚一定要跟月愛親密地結合。

◇

我們早上六點多在泳池玩了將近一個小時，接著到旅館的餐廳吃自助式早餐，回房做好出門準備後，離開了旅館。

今天計劃從旅館開車兜風一小時左右，前往美麗海水族館。

本島中部的道路不同於西南部，一路暢通無阻，早上兜風很舒服……本來是這麼想的。

快到水族館的時候，車流突然增加，前進的速度變慢了。

「完全是『美麗海』造成的交通堵塞啊……」

水族館從八點半開始營業，現在九點多可能是入館的尖峰時段。

「我們太晚出發了嗎……人家明明五點就醒了耶，太大意了。」

月愛露出懊惱的表情，拿起放在杯架的拿鐵咖啡來喝。

正當氣氛多多少少有點沉悶之際。

「……昨天呀……」

月愛有點尷尬地開口：

「龍斗也……馬上就睡著了嗎？」

「咦？嗯……」

我真的沒有倒在床上之後的記憶。可能是睡眠不足、搭飛機再加上開車導致很疲憊，但想到江之島那一夜精神抖擻到澈夜未眠，說不定我也是年紀大了。

「是、是嗎……那就好……？不過……」

月愛這麼說著，臉龐隱約有些泛紅。

「今晚早點回旅館吧……好嗎？」

她抬眸說道。

「……唔！」

車子沒有在前進，我就這樣轉頭看著月愛，因為內心的動搖而游移著視線。

「呃，嗯……」

我發出了像是卡痰的怪聲。

「說、說得也是……」

我故作平靜，不想讓她覺得我很飢渴，但心臟跳得飛快。

由於開著冷氣，車窗都關得緊緊的，在這麼近的距離之下，她可能立刻就會發覺我內心的動搖，因此不由得感到焦急。

「……啊，開始動了。」

前面的車子突然前進一大段距離，我連忙放開煞車踏板。
然後若無其事地斜眼偷瞄副駕駛座。
「…………」
不知在想什麼，月愛的側臉頰泛起淡淡的粉紅色。

美麗海水族館是位於臨海高地的水族館。從三樓的入口進去，一路往下欣賞各式各樣的水槽，從一樓的出口離開時，遼闊的大海就會呈現在眼前。
我們入館後依照路線前進，一開始是成排熱帶魚和珊瑚礁等充滿沖繩風情的水槽。
其中有個比較矮的圓形水槽，許多小孩子聚集在周遭。
「啊，花園鰻！」
月愛像孩子般雙眼發亮地走過去，站在孩子們後面觀察水槽。
「只有花園鰻的水槽很少見耶。」
「對呀～～好可愛唷～～」
水槽裡的花園鰻除了橘白相間的條紋，也就是「花園鰻」的經典形象之外，還有白底黑點的花園鰻。
有些身體伸得筆直輕輕搖動，有些則快速轉頭警戒周遭，也有些在白沙中進進出出。即使一樣是花園鰻，個體的行動也各有差異，一直看著也不會膩。難怪小孩子會這麼喜歡。

「哇……」

正望著那些花園鰻的月愛，這時微微瞇起眼喃喃說道：

「進進出出的……感覺好舒服。」

「……咦？」

這句感想總覺得有哪裡不太對勁，便回問了一聲。

「啊……！」

月愛察覺到什麼，臉龐立刻變得通紅不已。

「不、不是啦！你看，就是在海裡面……那種悠游自在的模樣……！」

「呃，嗯，我知道啦……」

附近都是小孩子，我也不太想吐槽。不，我是很想吐槽啦……話說這也是在開黃腔（註：日文的「吐槽」也有插進去的意思）。不行，腦袋快被情色思想占據了。

「真是的，龍斗這個笨蛋！」

「不是，這是妳自己說的耶……」

「人家就不自覺冒出這個想法了嘛……！」

月愛滿臉通紅，拉起我的手邁步而出。

她的手好燙。

出遊前一天，我又去了一趟山名同學的美甲店做指甲保養。準備得很萬全。

雖然我已經滿腦子都在思考今晚的事情，但還是裝作若無其事的模樣，和月愛一起按照路線前進。

這時來到鯊魚區。水槽附近的牆壁貼著解說板，說明以人造子宮孵化鯊魚的過程，還有一個玻璃窗可以窺探培育中的鯊魚寶寶。

當我們無意間閱讀起上面的內容時，旁邊就來了一個小學中年級左右的小男孩。他停住腳步，抬頭望著人造子宮的解說板。

「問你喔～爸爸～！『子呂』是什麼呀？」

「……唔！」

我和月愛忍不住互看一眼。

「咦～？呃，這個嘛……」

從後方走過來的父親一臉淡定地瀏覽解說板上的文字，然後開始解釋給孩子聽。

「這個叫『子宮』喔，在媽媽的肚子裡面，是養小寶寶的房間。然後人造子宮呢，是人類照著子宮的樣子做出來的。」

「哦～原來是這樣～」

小孩子滿不在乎地答完，接著喊道：「啊，有魚！」便跑去其他水槽了。

「…………」

「…………」

只剩我和月愛忸忸怩怩地佇立在解說板前面。

在水族館無論看到什麼都會變成那樣。

逛完館內後，我們走到戶外的海龜館參觀之際——

「啊，快看。那隻烏龜的頭伸得超出來的，原來能伸得那麼長呀。」

「咦！」

聽到我這麼說，月愛出現了過度的反應。

「烏、烏龜的頭……！伸長！」

「不、不是啦！我沒有奇怪的意思！」

搞得我驚慌失措地辯解起來。

最後看伴手禮的時候也是。

「啊，好可愛唷！這是鯨魚嗎？」

月愛拿起藍色哺乳類的娃娃讓我看。

「應該是鯨鯊吧？若是鯨魚，感覺會有噴水的洞。」

結果月愛變得面紅耳赤。

「噴水的……洞……！」

「呃，不是啦！」

再怎麼說，這次都是月愛不好吧！

總覺得我們兩個今天都很像國中生。不對，最近的國中生似乎更加成熟，可能根本是小學生吧？

◇

總而言之參觀完水族館後，我們在餐廳簡單吃頓午餐就回車上了。

現在還不到下午兩點。

「要去古宇利島……沒錯吧？」

「嗯……」

我們計劃從水族館兜風四十分鐘左右，前往古宇利島。

要去古宇利島，必須通過大約兩公里長的古宇利大橋。導覽書也有大篇幅介紹這條奔馳於海上的「絕景道路」。

「啊，差不多快到了。」

路上很空，一如汽車導航的預估時間，已經可以看到古宇利大橋。

「好漂亮喔～」

一邊看著左右兩側的大海一邊奔馳的爽快感，雖然讓我想起以前阿仁開車載我們經過的跨海公路，但鈷藍色的大海只有在沖繩才看得到。

「太棒了～！」

儘管月愛這麼說，那張望著車窗外的側臉卻感覺心不在焉。

絕景道路幾分鐘就結束，我們進入了古宇利島。

「……月愛，妳打算怎麼辦？」

「咦？」

「要下車嗎？」

古宇利島有月愛應該很喜歡的咖啡廳，似乎還有一處海灘看得到愛心形狀的岩石，被譽為「戀人聖地」。

「唔……」

月愛思索了一下，搖搖頭。

「算了。」

「……這、這樣啊……」

我反覆握緊因為手汗而滑掉的方向盤。

「那麼，總之先繞一圈……再回旅館嗎？」

聽到我的問題，月愛臉頰微紅。

「嗯……」

她輕輕點頭。

◇

這個時刻終於來臨了。

我們在旅館提早吃完晚餐，不過吃不到平時的一半。有部分原因是跟午餐的間隔時間太近，再加上我既緊張又興奮，連餐點的味道和對話內容都不太記得了。

回客房後看了三十分鐘左右的電視，然而只是影像內容不斷從視網膜上流逝而過罷了。

「……是不是該洗澡了？」

月愛一問，我的心臟便猛跳一下。

「也、也對，妳要先洗嗎……？」

「好、好呀，那人家先洗……」

月愛生硬地點點頭，走進浴室。

真是如坐針氈的三十分鐘。

現在才晚上七點，外頭天色還微微亮著。

「久等了……」

月愛有點拘謹地出來後，換我進去淋浴。

然後，終於要開始了。

離開浴室後，剛才還敞開著的室內窗簾已經拉起來，電視也關掉了。

月愛坐在床上，一邊玩弄變直的頭髮，一邊看著手機。

「……啊，龍斗，你出來啦……」

月愛看向我，又立刻移開視線。本來想說她可能是覺得素顏很害羞，但其他因素應該占更大的比重。

「嗯……」

我不知道該說什麼才好，閒聊好像也不太適合。

我們穿著旅館客房提供的睡衣。胸前有鈕扣，類似很長的POLO衫，是男女都能穿的連身睡衣。

我在月愛旁邊坐下，彼此之間隔著一個人的微妙距離。

旅館的客房不寬敞也不狹窄，有床、小桌子和兩把椅子。配置的家具以褐色為基調，跟旅館的整體氛圍一樣是充滿東南亞風情的度假空間。

房內太過安靜，連天花板風扇旋轉的細微聲響都聽得見。

「…………」

怎麼辦？

要說什麼才能開始呢……

我戰戰兢兢地用眼角餘光窺探月愛。

「……嗚…………嗚……」

這才發現她正摀著臉龐哭泣。

「咦……？」

我發出驚呼。

「……不是的，抱歉……」

月愛看向我，像是要辯解似的擦拭眼淚。

「……可是，人家有點害怕。」

「咦？」

害怕什麼？上床嗎？

但月愛應該不是第一次才對……正感混亂之際，她接著說道：

「……人家真的不想失去龍斗。」

她臉上泛起幾絲憂愁，輕聲說：

「像這樣跟男生交往對人家來說是第一次……這四年來，人家真的非常喜歡龍斗……」

說著說著，她眼眶又湧出新的淚水，我連忙抽了一張桌上的衛生紙遞給她。

「謝謝……雖然感受得到龍斗對人家用情至深，但是萬一……那只是因為還沒上過床，該怎麼辦呢？」

「咦？那種事……」

「嗯。」

月愛向打算插嘴的我點點頭，繼續說：

「人家知道沒有那種事，龍斗不會那樣的……明明腦子裡很清楚……」

「月愛……」

這個擔憂是來自過去的交往經驗吧。

「這種想法一直存在人家內心的某個角落……龍斗考完試之後也是，在彼此都很忙碌的時候，人家沒辦法用輕鬆隨意的心態說：『來做吧。』」

「月愛……」

原來月愛一直都抱著這樣的心情嗎？

上大學後總是兜不攏時間見面的那段日子，感覺當時的委屈都得到了撫慰。

「但是……人家這次下定決心了。」

月愛忽然從衛生紙中抬起臉龐看我。她的眼睛已經沒有淚光，取而代之的是意志堅定的光芒。

「人家要與龍斗結合為一體。因為人家相信龍斗不是那種上過床就會變冷淡的人。」

月愛還沒說完，我就用力點點頭。

「嗯……不管有沒有做，我都喜歡月愛喔。」

「……嗯。」

看到月愛微笑點頭的表情，一幕情景突然掠過腦海。

月愛此刻的表情，我最近有看過。

那是……沒錯，是在說服黑瀨同學的時候。

——人家認為所謂的「相信一個人」……就是要做好『遭到這個人背叛也沒關係』的覺悟才行。

——人家覺得……如果是龍斗，就算遭到背叛也沒關係。要是龍斗背叛人家，那也是沒辦法的事情。

「…………」

原來她做好了這樣的覺悟嗎？決定在沖繩與我結合的月愛，或許是在背地裡獨自對抗不安……然後得出了這種結論。

正想到這裡，月愛突然向我微微一笑。

「所以……今晚請多指教喔。」

我最喜歡看到月愛露出這張笑靨，有一種會將人輕柔地包覆起來的感覺。

「月愛……」

一股憐愛之情湧上全身，我輕輕地將月愛摟過來。

第一次抱住月愛是在江之島的旅館。

當時的暖意及竄過全身上下的興奮感，我至今依然記得。

但是，從那之後經過了四年。

像這樣抱住她後，襲上心頭的不是只有那些而已。

這是因為月愛無論何時、無論我變成什麼模樣，都願意接納我。

她也向我展現了各種不同的面貌。

疼愛新的家族成員的模樣、向著終於找到的夢想勇往直前的模樣、不管是天真無邪的一面，還是悲傷難過的一面，她將內心的一切全都攤在我面前。

我也相信著月愛。

打從心底尊敬著她。

過去的月愛和未來的月愛，我都想呵護珍惜。

不論是一起度過的時光，還是沒能一起度過的時光。

不論是今後能夠廝守的漫長時光，還是可能會讓她孤單一人的時光……

不論何時，我的心始終都會與月愛同在。

我從很久以前就知道，有一句話很適合用來表明這種心情。

無法啟齒而一直安放在心底的那句話，現在正是該說出口的時候。

「月愛。」

簡短地喚了一聲後，我將月愛按倒在床上。

「……我……愛妳。」

雖然有點生硬，但我注視著她的眼眸說出來了。

「龍斗……」

月愛睜圓雙眼，閃爍生輝的淚水滿溢而出。

「人家也是……」

月愛用雙手環住我的脖子，將我的頭拉過去。

「龍斗，我愛你……」

她在我耳邊輕喃這句話，讓我腦中有股酥麻的感覺。

「謝謝你，人家現在……已經沒有任何不安了。」

稍微退開臉龐與月愛互相凝視，她正微微瞇起眼，一臉幸福地輕輕笑著。

「月愛……」

身心都一口氣滾燙起來。

正當我打算依循本能親吻她之際──

「…………」

月愛看起來不太對勁，於是我停下動作。

她臉色很微妙。若要比喻，就像是齒縫卡著東西取不出來的表情。

「……嗯？」

月愛就這樣歪起頭。

「怎麼了？」

我一問，她才猛然回過神來看我。

「……抱歉，人家可以去個廁所嗎？」

「咦？嗯……」

現在？我感到困惑，不過也理解生理現象就是沒辦法……於是心神不寧地待在床上等她回來。

月愛進浴室後又出來，從自己放在客房角落的行李箱裡拿出某個東西後，重回浴室。

「……嗯？」

接著，等待了幾分鐘。

月愛從浴室出來後，一臉意志消沉的模樣。

「……來了。」

「咦？」

「生理期……」

聽到這句話，我一瞬間語塞。

「……咦咦！」

怎麼會！偏偏是現在！

「這、這代表……什麼意思？」

「嗯？」

「如、如果生理期來……就不能做那件事了嗎……？」

我對女性的身體太過無知，忍不住問了這種問題。

「唔……」

月愛露出苦惱的表情。

「雖然也不是不行……但應該會弄髒很多地方，肚子也很痛，在心情上……人家有點抗拒……」

好不容易能跟龍斗第一次結合，明明會成為一生難忘的回憶……她小聲喃喃說道。

「……這、這樣啊……」

我花了好一段時間，才有辦法答出這句話。

這已經遠遠超過失望的程度了。

我渾身無力，感覺自己像一隻被撒鹽的蛞蝓一樣，慢慢地融化在床上。

看到我這樣，月愛焦急地開口：

「還、還是來做吧？」

「咦？」

「再這樣下去，我們會變成愈來愈奇怪的情侶……都已經交往四年了……啊，但沾滿血的初體驗可能也滿怪異的……而且會給旅館人員添麻煩……」

月愛雙手抱頭，似乎苦惱不已。緊接著，她突然將雙手放在大腿上，沮喪地垂下頭。

「……和龍斗的事情，已經沒辦法告訴妮可以外的朋友……感覺也沒有人會理解。」

「…………」

一定是這樣吧，我也沒辦法告訴阿伊和阿仁。

——你們兩個真的很特殊，從各方面來說都是。

畢竟關家同學也這麼說過。

「如果月愛覺得沒關係，要今天做也可以……」

我隨時都能做好準備……但是……

「只要妳心裡有一點抗拒，那改天再做也可以……」

「……真的嗎？龍斗這樣可以嗎？」

月愛表情很不安，我則不知所措地點點頭。

「嗯……的確，既然是情侶就會這麼做……或者應該這麼做之類的……依照世上某個人所提出的『常理』來看……我們的關係可能是有點走歪了。」

竟然連來沖繩旅行都沒有做，我們這對情侶或許愈來愈異常了。

「但是，我認為……只要能找到……我們在這世上獨一無二的……只屬於月愛和我的『真正的喜歡』就行了……」

「龍斗……」

「……久慈林同學跟我說過一件事。」

這麼說來，我還沒把這件事告訴月愛。

「他說我們名字裡的『月』與『龍』，無論哪一邊都是『虛幻飄渺之物』的意思。所以兩者結合而成的漢字才會讀作『朧』。」

「咦……是這樣嗎？」

月愛興味盎然地睜大雙眼，伸手去拿自己放在枕邊充電的手機。

「啊，真的耶！出現『朧』了！好厲害！」

接著，她從手機抬眸看我。

「……可是，這好像不是很好的意思耶？代表我們兩個都是模糊的存在嗎？」

「我原本也是這麼想的。」

月愛的反應跟我一樣，忍不住笑了一下。

「但久慈林同學告訴我，我們正在一同將『虛幻飄渺之物』牽引至身邊。」

「『虛幻飄渺之物』是什麼？」

月愛歪頭疑惑，這也是預料之中的反應。

「久慈林同學說『世人將其稱之為愛』喔。」

「愛……」

月愛茫然地喃喃說道。接著，她的眼眸再次湧現淚水。

「這樣啊……」

眼淚從下眼瞼滑落下來。

月愛帶著又哭又笑的表情抱住我。

「沒錯，像這種關係，只能說是愛了。」

胸口傳來月愛的暖意。

不僅讓我產生色慾，也勾起這世上最深切的柔情。

「我們不知不覺間成為彼此的『真正的喜歡』了呢……！」

我想起對月愛告白的那一天。

——那麼，如果人家想和龍斗做愛了……到那個時候，只要告訴你就可以了吧？

——或許到那個時候，我們的關係就不再是「薄弱的喜歡」，而是「真正的喜歡」呢。

從那天之後，經過四年的歲月。

在距離東京非常遙遠的沖繩這塊土地。

我們發現過去所尋求的事物……無形且模糊不清……但既溫暖又充滿柔情的那樣事物。

不知不覺間，早已牢牢握在手中。

◇

後來我們換上外出服，一起來到旅館的酒吧。

坐在點著橙色燈光的露台座位，啜飲色彩繽紛的調酒，享受帶著樹木氣味吹拂過來的微溫夜風，感覺就像真的置身在東南亞度假勝地一樣。這裡的房客可能大多攜家帶眷，露台座位沒有其他客人。

「……果然應該去醫院拿藥的……」

月愛深深地嘆了一口氣，垂下肩膀。

「人家猶豫了。因為人家的生理週期很不規律。快的時候會二十五天來一次，慢的時候會超過三十天，所以很難預測呢。」

「這、這樣啊……真辛苦……」

「最近常常很晚來，人家就以為這次的旅行應該沒問題……沒想到偏偏在這種時候二十五天就來了。」

我不知道該怎麼回應，只能沉默著聽她說。我喝的泡盛（註：沖繩特有蒸餾酒）調酒的酒精濃度很高，腦袋有點昏昏沉沉的。

「高中的時候，曾經五個好姊妹一起去泳池，但大家的行程完全兜不攏真的很傷腦筋。雖然跟誰的生理期重疊到也是沒辦法的事，但如果是第二天就太掃興了，對吧？」

就算徵詢我的意見也沒用啊……我苦笑著移開視線。

「女孩子真的很辛苦喔。因為剛好生而為女人，大家都習以為常地過著生活就是了。」

以這類生理現象而言，男生也有很多辛苦的地方。但吃苦的程度可能不一樣，而且現在插嘴反駁也不太好，我便靜靜地聽著。

「不過……」

如此說道的月愛揚起微笑垂下頭。她溫柔地輕撫自己的肚子，彷彿孕婦一樣。

「這裡是將來要與心愛的人孕育重要生命的地方……一想到是為此必須付出的努力，包含辛苦的事在內，人家覺得自己的身體也得好好珍惜才行。」

「月愛……」

「與龍斗互相喜歡之後……因為龍斗願意認真考慮我們的未來，所以人家才有辦法這樣思考喔。」

月愛注視著我微微一笑。她的眼眸宛如夜景一樣閃耀燦亮。

從位於高地的旅館二樓望出去，城市燈光一覽無遺，非常漂亮。如果說新宿的夜景是宛如水晶吊燈一般絢麗，這裡的夜景就是有如夜空星光般恬靜。

「人家的心靈和身體都是屬於自己的，人家不想做的事拒絕也沒關係……這麼理所當然的道理，與龍斗交往前的人家卻不懂……」

月愛凝視夜景，表情黯淡下來，眉間微微攏起。

「或者應該說，女生對這種事情可以保有自己的……自由意志？決定權？人家以前可能沒有這種概念吧。」

如此說道的月愛一副自己想通似的輕輕點頭，接著朝我露出靦腆的笑容。

「謝謝你，龍斗。是你教會人家該怎麼好好珍惜自己。」

月愛露出微笑，看起來打從心底感到很幸福。

「與你交往之後，人家好像變得比以前更加喜歡自己了。」

手放在胸前，月愛揚起一抹輕笑。

「現在能夠發自內心認為，有這麼棒的人願意喜歡人家，那人家也是一個很棒的人。」

「……這樣啊。」

光是能聽到這些，就已經不枉此行了。

「……那我們回房睡覺吧。」

時間默默地快要到晚上九點。儘管現在就寢還有點早，不過明天就能早點起來遊歷沖繩的觀光景點。當我打算至少要轉換成樂觀的心態之際——

「……不行。雖然要回房間，但還不能睡。」

聽到這句話，我看向月愛，發現她嘟著嘴。

「不然會變得跟江之島那時候一樣。」

「咦？」

「欸，龍斗。」

我的手正放在桌子上，月愛將自己的手疊上去，微微壓低嗓音說：

「人家也是有所長進了喔？」

「咦……？」

我知道這句話本身是模仿我在夜景餐廳時說過的話。

面對不知所措的我，月愛垂下頭盯著自己的水藍色調酒。

「……即使沒有告訴龍斗，但人家……一直有在練習。」

「練……練習什麼？」

「用歐樂●蜜C的瓶子……」

「……嗯？」

我還沒有搞懂是怎麼一回事。這麼說來，月愛以前好像有在蒐集歐樂●蜜C的空瓶。

「一開始常常撞到牙齒發出鏗鏗的聲音……但經過每晚的練習，現在已經完全掌握住訣竅了。」

如此說道的月愛臉上浮現幾絲大膽無畏的笑意。

「……人家還算有點自信。」

「…………」

我完全理解過來後，全身都滾燙起來，而月愛則像在誘惑似的妖媚地開口：

「只用這裡，就能讓龍斗滿足喔。」

她指著的嘴巴中，濕潤的紅舌微微伸出來，表面泛著黏滑的光澤。

尾聲

回房後，月愛坐在床上脫掉自己的衣服。

她舉起雙手，將度假風花紋的連身裙從下面捲起來穿過頭部，從手臂脫掉。

「……月、月愛？」

「要是人家穿著衣服，你就不會興奮了吧？」

月愛一邊說著，一邊將連身裙扔在床上。

做完如此大膽的舉動後，也許是對只剩貼身衣物的模樣感到羞恥，她像是要抱緊自己似的用手圈住身體，面頰潮紅地抬眸看我。

「……終於讓你看到了。」

月愛難為情但又滿足地輕聲說道。

她穿著水藍色的內衣，是上下成套的款式，複雜的蕾絲花紋很華麗。露出來的面積明明與穿泳裝的時候幾乎差不多，但這股背德感是怎麼回事呢？無論是渾圓隆起的胸部、中腰到低腰的曲線、屈膝從床上伸出來的腿，還是羞澀的眼神，一切都香豔無比。

「……人家見龍斗的時候，每次都是穿著珍藏的可愛內衣喔？……你應該不知道吧？」

「咦？呃，嗯……」

我的心臟狂跳不止，連回答都慌亂起來。

「自從產生了想要跟龍斗做愛的想法之後，買新的胸罩和內褲時，人家都是一邊想著『龍斗應該會喜歡這種吧？』一邊買下的。」

月愛的視線飄忽不定，害羞又開心地說道。

「一開始買的內衣早就變舊了，現在都當日常內衣在穿。」

月愛揚起淡淡苦笑看著我。

「這就表示我們交往了這麼長的時間呢……」

「……對啊……」

距離漫步在櫻花行道樹下的那段日子，至今也快三年半了。

「……要摸嗎？」

「咦？」

「可以摸喔。」

月愛抬眸朝我淺淺一笑，我的心臟跳得更加飛快。

「……那個……月愛，真的沒關係嗎？」

事到如今，我才發覺讓人家這樣做似乎極其厚顏無恥。

「即使讓月愛特地為我服務……但我這邊，那個……卻沒辦法讓月愛感到舒服……」

「沒關係。」

月愛對我揚起溫柔的微笑。

「女孩子呢，光是看到喜歡的人露出舒服的表情，自己就會跟著舒服起來了。」

如此說道的月愛拉起我的手放到自己的胸前，輕輕閉上雙眼。

「……至少，人家是這樣。」

掌心直接感受到月愛胸部那具有彈力的渾圓以及體溫，而她手上的暖意也將我的手包覆起來。

「龍斗感到舒服的表情，人家在腦袋裡幻想過好幾次了。就是為了看到那張表情才努力練習的。」

月愛悄悄一笑，放開我的手。我也將手抽離月愛的肌膚。

她從床上下來，移動到坐在床上的我面前，然後跪坐在地板上。

「所以……」

月愛抬頭看我，勾起一抹妖豔的笑意輕喃道：

「今晚讓人家幫你好好舒服一下吧？」

「……月愛……」

身體中心有股熱流擴散。要是我的意志力再薄弱一點，說不定光是這樣就達到高潮了。

「龍斗……」

月愛的臉頰染上情慾，朝我的褲子拉鍊伸出手。

……就在這一瞬間——

嗡～嗡～嗡～嗡～嗡～！

枕邊的手機突然開始振動。

而且是我和月愛的兩支手機同時在振動。回到房間後，我們就立刻將各自的手機接上枕邊的充電線。

「咦，怎麼回事！」

「緊急地震速報……好像也不是？」

手機只是一直振動著，沒有響起類似警鈴的聲音。

「…………」

我和月愛面面相覷，手機持續發出振動。

「……總、總之先確認看看吧。」

本來已經蓄勢待發，但被澆了一頭冷水也沒辦法。

只見我的手機上顯示著阿伊的來電。

「……阿伊？」

怎麼回事？久久沒聯絡，突然就打電話過來可不是阿伊的作風。

「人家這邊是小朱打來的。」

月愛拿起自己的手機這麼告訴我。

「……怎麼辦，要接嗎？」

月愛一問，我雖然困惑仍舊點點頭。

「也是……還滿令人好奇的。」

即使就這樣忽略來電與月愛親熱，我覺得自己也沒辦法集中精神。

「喂？你好……」

『阿加——！』

按下接聽鍵，還沒等我應答完畢，阿伊的聲音就鑽進耳朵。

『小露娜～！』

月愛的手機也傳出谷北同學的嗓音。

「怎、怎麼了，阿伊？」

「發生什麼事了，小朱？」

我們焦急地詢問後，電話另一頭的兩人就齊聲說：

『怎麼辦，阿加！我女友懷孕啦！』

『怎麼辦，小露娜！我懷孕了！』

「「咦？」」

發出短促的驚呼聲，我們互看一眼。

「「咦咦咦咦～～～～！」」

在沖繩的中心驚叫出聲。

後記

最近，作品中的季節總會與執筆時的現實季節不謀而合。因此，現在正值盛夏（註：此篇後記提到的時間皆為日本出版狀況）！是整年最炎熱的時期。

在回憶片段寫到冬天的時候，感覺有比較涼快點。雖然在寫放榜的劇情時，還心想：「有這麼可愛的女友為自己加油打氣，念起書來當然也會很賣力吧？」對龍斗燃起了忌妒之火……

提到放榜，這次查過母校的放榜方式後嚇了一跳，我參加大學考試那時候，是校舍前會貼著寫有錄取者准考證號碼的紙，要從上面尋找自己的號碼……當時還存在這種傳統的形式，但現在似乎已經不會貼出那種紙了！原來現在的孩子沒辦法指著自己的號碼拍照留念了啊……不過，那又怎樣呢……只是冰河期世代（註：指一九九三年至二〇〇五年日本泡沫經濟破裂後的就業冰河期）的人稍微受到了一點打擊而已。

談到大學考試的劇情，月愛戴口罩的模樣很可愛，很高興能看到這一幕的插畫。可愛的人戴口罩也很可愛！不過，真的長得很可愛的人，其實脫掉口罩會更可愛。只看眼睛周遭所產生的「長得滿可愛」的印象，在看到整張臉的瞬間，就會變成「長得超級可愛」……這種感覺有人懂嗎？我在月愛身上也有感受到同樣的現象，再次意識到月愛真的是個很可愛的女孩子。

在上一集中，比較專注在用戲劇性的方式描寫各角色長大後的現況，所以很高興這一集能描寫高中時代的回憶。此外，這一集也將重點擺在龍斗與月愛的關係上，不知道大家覺得如何呢？

在詩人銀色夏生老師的詩裡，有一句是「但願我們兩人的關係，能夠以只有我們兩人明白的理由持續到永遠」，我非常喜歡這首詩。

我對對方懷抱的心意，與對方對我懷抱的心意或許不一樣。我認為一定不一樣。儘管如此，不知為何還是待在對方的身邊。背後的理由存在於彼此的心中。無論這份心意是愛、戀情、友情還是什麼都無所謂，就是想跟這個人一直維繫關係。如果曾遇過讓自己產生這種想法的人，應該會對這句話很有感觸吧？

泛泛之交、朋友、戀人、家人。日常生活中沒有那麼多詞彙可以表達某人與某人的關係。然而事實上，人與人之間有多少種關係，人際關係就有多複雜，我的朋友所闡述的戀人論，不會適用於我和他／她的故事上。希望在這部作品中，能夠細膩地描寫出這種雖然很理所當然，但往往容易遺忘而心生不安的重要之事。

那麼，由於在第六集寫到「去沖繩吧」，所以必須去沖繩才行！於是，春天去了一趟沖繩。睽違二十年左右，人生第二次踏上沖繩的土地。

去瀨長島海風露台和美國村時，邊走邊想：「月愛應該會喜歡吧～！」在閱讀導覽書的時候就挑出月愛可能會喜歡的景點，然後在遊歷這些景點時想像月愛會怎麼玩樂，所以一邊吃起司沙翁一邊拉絲的自拍照，還有在海灘穿著泳裝的自拍照等等，這些舉止與年紀不相稱的照片都沉眠在我的相簿裡。全部都是為了取材啊……！

說到底，我在安室奈美惠全盛時期度過青春時代，卻從來沒打扮成辣妹過（倒是有穿過泡泡襪），開始撰寫《戀愛光譜》後，為了理解辣妹的心情，還開始學習辣妹的穿搭和生活風格，說不定現在是這輩子最像辣妹的時候。在花甲之年有辦法變成完美無缺的辣妹嗎？

這次也非常感謝magako老師繪製許多精緻的插畫！一直以來也很感謝責任編輯松林大人的照顧！

然後！終於來臨了！

十月六日（週五）起開始播出動畫！主要演出陣容的名字已經公布，真的很豪華呢……每位演出者從配音的演技測試就表現得非常棒，一定不會辜負各位的期待！

播出時間表和頻道等相關詳情，請參閱官方網站和X（Twitter）。我也感到滿心期待！

那麼，希望能在第八集再見！

二〇二三年八月　長岡マキ子

國家圖書館出版品預行編目資料

位於戀愛光譜極端的我們/長岡マキ子作；Linca譯.
-- 初版. -- 臺北市：臺灣角川股份有限公司,
2024.04-
冊；　公分. -- (Kadokawa fantastic novels)
譯自：経験済みなキミと、経験ゼロなオレが、お
付き合いする話。
ISBN 978-626-378-763-6(第7冊：平裝)

861.57　　113001896

Kadokawa Fantastic Novels

位於戀愛光譜極端的我們 7

（原著名：経験済みなキミと、経験ゼロなオレが、お付き合いする話。その7）

2024年4月10日 初版第1刷發行

作　者：長岡マキ子
插　畫：magako
譯　者：Linca

發行人：台灣角川股份有限公司
總　監：呂慧君
總編輯：蔡佩芬
主　編：林秀儒
編　輯：楊芫青
設計指導：陳晞叡
美術設計：黃永漢
印　務：李明修（主任）、張加恩（主任）、張凱棋

發行所：台灣角川股份有限公司
地　址：104台北市中山區松江路223號3樓
電　話：（02）2515-3000
傳　真：（02）2515-0033
網　址：www.kadokawa.com.tw
劃撥帳戶：台灣角川股份有限公司
劃撥帳號：19487412
法律顧問：有澤法律事務所
製　版：尚騰印刷事業有限公司
ISBN：978-626-378-763-6